MUIDHOND

INGE SCHILPEROORD

Muidhond

Uitgeverij Podium
Amsterdam

Eerste druk april 2015
Twaalfde druk januari 2020

© 2015 Inge Schilperoord
Omslagontwerp bij Barbara
Foto omslag Prime Time/Marnik Boekaerts
Typografie Ar Nederhof
Foto auteur Keke Keukelaar

ISBN 978 90 5759 621 6

Verspreiding voor België: Elkedag Boeken, Antwerpen

www.uitgeverijpodium.nl

De mens die vraagt,
en de wereld die op een onredelijke wijze zwijgt.

Albert Camus

Nu moet ik goed opletten, dacht Jonathan. Nu. Het begint nu. Hij legde zijn trillende handen in zijn schoot en wreef met de duim van zijn rechterhand langzaam over het kootje van zijn linker, in de hoop dat het hem kalm zou maken. Het was de laatste ochtend van zijn gevangenschap. Als altijd zat hij alleen in zijn cel. Zijn cel die de anderen, de bewaarders, zijn kamer noemden. Hij zat op bed, staarde naar de muur en wachtte. Hij wist niet hoe laat het was. Vroeg, het was in elk geval vroeg. De eerste streep zonlicht was net door de spleet in zijn te dunne gordijnen gedrongen. Misschien half zes, zes uur. Het maakte hem vandaag ook niet uit. Ik heb tijd, dacht hij, vanaf nu heb ik alle tijd. En: ze komen wanneer ze komen. Als hun tijd daar is komen ze, ik kan daar niks aan veranderen, ze komen niet eerder, niet later, ik merk het wel.

Tot ze kwamen zou hij kijken hoe het ochtendlicht steeds verder zijn cel binnen zou dringen en langzaam, onverstoorbaar, in zijn eigen baan door de ruimte zou trekken, zich van niemand iets zou aantrekken. Hij wist al heel lang niet meer hoe laat het precies was. De eerste nacht hier had hij de batterijen meteen uit het binnenwerk van de wandklok gepeuterd. Hij kon het getik niet verdragen. Daarbij was er op de klok niets te zien waar hij wat aan had. De dagactiviteiten waren niet verplicht en hij liet ze aan zich voorbijgaan. Rondjes lopen, onderwijs, sporten. Werk. Wie niet rookte, snoepte of dure kleding kocht, had hier geen geld nodig.

Hij keek liever naar de stand van de zon, naar de volheid van het licht, hoe het scheen langs de wolken die boven de toppen van de uitkijktorens dreven. Dat vertelde hem hoe lang het nog zou duren, hoe lang nog tot het donker werd. Hoe lang nog die herrie: de stemmen van de mannen die langs de wanden van de luchtplaats omhoog kropen, de muziek door de muren. Schaduwen over de vloer van zijn cel, over het bed en het tafeltje. Maar nu werd het anders. 'Alles wordt anders,' fluisterde hij.

Hij wachtte. Buiten was het nog stil. Na een tijdje stond hij op, liep van het bed naar zijn tafel, van de tafel naar het raam, bleef een moment staan en liep terug naar zijn bed. Ging weer zitten, de gewrichten van zijn knieën kraakten zachtjes, en daarna stond hij weer op. Even bleef hij in het midden van zijn cel staan en liep toen weer terug naar de tafel. Hij keek. Daar lagen zijn therapeutisch werkboek, zijn schrift, zijn potloden, pennen. De boekenlegger die zijn moeder hem had gestuurd. Weer ging hij aan tafel zitten, met zijn rug recht, en sloeg het schrift open. Een mooie, lege nieuwe pagina. Met beide handen streek hij het blad recht, legde het precies in het midden van het tafelblad, schroefde de dop van zijn pen en dacht na. Na een hele tijd bleek dat hij niks zinnigs wist te schrijven. Hij kauwde zachtjes op de binnenkant van zijn wang. Waarom? Waarom juist vandaag niet?

Hij stond nogmaals op en balde zijn vuisten. Liep van zijn tafel naar het raam, van het raam naar zijn tafel en terug. Hij nam plaats op zijn stoel. 'Niets,' schreef hij. En toen: 'Nooit.' Daarna: 'Nee!' Hij klapte zijn schrift dicht. De rest kwam vanavond, dan was hij weer thuis, en zou hij een volgende therapieopdracht maken. Wat later deed hij het schrift toch opnieuw open. Hij staarde naar wat hij had geschreven, streepte het door. 'Anders,' schreef hij eronder. Toen haalde hij ook daar een streep doorheen. 'Beter.'

Hij rolde zijn schrift op, pakte zijn werkboek, borg zijn potloden en pennen een voor een op in zijn etui, en deed alles bij de rest van zijn spullen in zijn tas. Daarna ging hij op zijn bed zitten, zijn trillende handen in zijn schoot, en wachtte op het moment dat de cipier zijn deur open zou draaien.

Nu moet ik goed opletten, dacht Jonathan. Nu. Het begint nu. Hij zat bij het achterste raam, op de achterste bank in de bus naar het dorp. Er was niemand anders. Toch zat hij achterin. De ochtend was nog lang niet voorbij, de zon nog op weg naar zijn hoogste punt, maar het was al vreselijk warm. Een druppel gleed vanuit zijn haar, langzaam, langs zijn nek en rug naar beneden, en bleef net boven zijn stuitje hangen. Hij ging verzitten. Zijn tas had hij op schoot liggen, zijn armen er stevig omheen geklemd. Ook zijn oksels zweetten. Het gewicht van de tas drukte zwaar op zijn knieën. Hij had hem liever op de grond gezet, maar op de een of andere manier leek het hem veiliger om zo te zitten, zijn vingers stevig in elkaar gehaakt. Hij zuchtte.

Tussen hem en de wereld zat het glas en achter het glas

het kustlandschap. Het mooiste land dat hij kende. Hier was hij ruim dertig jaar geleden op een onbeduidende zondagmorgen uit zijn moeder gekropen. Hier zou hij nooit weggaan. Hij keek naar het landschap zoals hij er nog nooit naar had gekeken. Geen enkel detail ontsnapte hem. De toppen van de dennen en het licht van de zon dat de achterste zandheuvels precies uitlichtte, het gras langs de kant van de weg, het water van de vennetjes in de verte. Het licht gleed met de bus mee over de weg en verhitte het asfalt. Het was zo heet dat het hem niet had verbaasd als het teer voor zijn ogen zou openbarsten, begon te kraken en van binnenuit zou gaan smelten. Zachte, kleverige klonten als modder aan zijn schoenzolen.

Hij sloot zijn ogen even, deed ze open en richtte zijn blik opnieuw op de lucht. Het licht deed haast pijn, zo schel wit.

Voorbij de watertoren nam de bus een ruime bocht naar rechts en daar daalde de weg, om na de volgende bocht weer langzaam omhoog te lopen. Hij wist het allemaal precies, had met zijn ogen dicht elke bocht en buts in de weg kunnen voorspellen. Nu nog maar een paar minuten tot de haven, dacht hij, en dan het dorp. Door het halfopen dakraampje rook hij de licht stinkende zeelucht. Vis, wier, olie, rotting. Touw.

Hier, in de duinen, zou hij vanmiddag rondlopen. Misschien over een uur al. Eindelijk. De mensen moesten hem niet, dat was altijd zo geweest. Maar de natuur nam hem zoals hij was. Hij kneep zijn handen samen, hield de spanning vast en rekte toen zijn vingers een voor een uit tot hij ze bij de gewrichten hoorde kraken. Zijn moeder zou thuis op hem wachten. Ze zat op de bank, dat kon niet anders, en keek naar een ochtendprogramma op televisie. Hij hoorde bijna het geluid van het apparaat dat het al jaren ieder moment kon begeven. Al die avonden dat hij naast haar had gezeten, op zijn vaste stoel, de geur van de hond in de kamer. Haar gevouwen handen die ze altijd net onder haar boezem liet rusten. Vaak las hij in het *Natuurblad* maar kon zijn aandacht niet bij de woorden houden; de televisiestemmen prikten in zijn gedachten. Dan liet hij het blad op zijn schoot zakken en keek naar hoe zij televisie zat te kijken.

Hij dacht aan die kleine dingen, de dingen die hij zo goed kende. Hoe de vingers van haar rechterhand zich samenbogen en langzaam, gedachteloos naar het ragfijne kettinkje reikten, hoe ze het zilveren kruisje tussen haar duim- en wijsvinger nam, eroverheen begon te wrijven. Dan wist hij dat er iets was op televisie wat haar aandacht trok, waar ze om zou lachen, waar ze hem op zou wijzen. Hoe ze het rozenkransje door haar handen liet gaan wanneer ze 's avonds bad.

Zijn handen waren klam. Hij voelde de warmte van de motor die in het binnenste van de bus dreunde. Af en toe keek hij naar zijn nagels, trok aan de velletjes langs zijn pink. Soms kwam hij wat overeind van zijn stoel om beter en verder te kunnen kijken, kneep zijn ogen tot spleetjes tegen het zonlicht en ging weer zitten.

Hij keek naar de meeuwen die door de lucht gleden met hun bek wijd opengesperd. Soms hingen ze even helemaal stil, als verstard in de lucht. Hij dacht aan de vogels waarvan hij de vlucht van achter zijn celraam had gevolgd. Zo lang hij kon. Het krachtige slaan van de vleugels. Wanneer ze vlak langs zijn raam zeilden, beeldde hij zich in dat hij het suizen van de lucht hoorde die schuin op de pennenveren stond. Achter in zijn therapieschrift hield hij bij wanneer hij bijzondere vogels zag, met de dagen en tijdstippen erbij. Drieteenmeeuwen, kleine mantelmeeuwen, stormvogels, een zeekoet. Het turven gaf hem wat rust in dat lawaai, de verstikking zonder einde. Alles was zo ondraaglijk. Vooral de nabijheid van al die mannen. De misselijkmakende etensgeuren.

Maar dat was nu voorbij, even plotseling als het was begonnen. Ondanks alles had het toch plotseling geleken. Vorige week was de zoveelste rechtszitting; de hele dag in het beklaagdenbankje, de woorden van zijn advocaat, die zoals altijd langs hem heen gleden.

En gistermiddag dan de officiële brief van het gerechtshof. Hij was in hoger beroep vrijgesproken. Toch nog. Tegen alle vrees in. Daarmee kwam alles te vervallen: de eerder opgelegde gevangenisstraf, de tbs-behandeling. Er was onvoldoende bewijs. Het shirt waar, zoals de officier van justitie het noemde, volgens de verklaringen van het slachtoffer belastende sporen op zouden zitten, was niet teruggevonden. 'Het Openbaar Ministerie kan nu nog een keer in beroep gaan,' legde zijn advocaat hem op de gang uit, 'maar dat verwacht ik niet.' Alleen als er meer bewijs gevonden zou worden, kon de zaak worden heropend. Maar wie kon zeggen of dat zou gebeuren? Voor nu was hij vrij.

Hij slikte moeizaam. Alsof er iets hards en puntigs, een graat, vastzat in zijn keelgat. Hij schraapte zijn keel, zuchtte, sloot zijn ogen en sperde zijn neusgaten open. Hij richtte zich op zijn ademhaling, voordat de spanning zich zou vastzetten in zijn schouders. Dat had hij zo geleerd tijdens de pre-therapie, zoals dat werd genoemd. Of ook wel: individuele dadertherapie, therapie die in de gevangenis een aanvang nam en hem zou voorbereiden op de behandeling in de kliniek. Een paar weken geleden was die opgestart met de gevangenispsycholoog. De eerste fase.

'Nu rustig ademhalen,' fluisterde hij tegen zichzelf en hij keek naar het vage silhouet van zijn gezicht in de ruit, de uitstekende kin en scherpe jukbeenderen, zijn voorhoofd. 'In door je neus.' Hij sloot zijn ogen even kort en opende ze weer, 'vasthouden, en dan langzaam, langzaam uit door je mond.' Tien keer herhaalde hij dit, altijd tien keer. 'Zo brengen we het middenrif tot rust en laten we alle stress van ons afglijden. Voeten op de aarde.' Hij bleef fluisteren, ook al was hij de enige passagier in de bus. Hij voelde hoe zijn middenrif tot rust kwam, zijn adem kalmeerde, en ondertussen masseerde hij met zijn knokkels de harde pijnlijke spieren van zijn nek.

De bus maakte de laatste bocht voor ze in het dorp aankwamen. In de kom van de lange dorpsweg lag de nieuwbouwwijk waar hij zoveel over had gehoord. Stil lagen de huizen in het ochtendlicht, hun ramen weerkaatsten de zonnestralen in zijn gezicht, recht in zijn ogen, als om hem dwars te zitten. Hij wendde zijn blik af, richtte die op zijn voeten, zijn tas en keek naar buiten. Deze wijk was de afgelopen maanden aan het oude dorp vastgebouwd. Hier zouden hij en zijn moeder binnen een paar weken ook gaan wonen. Ze had het er in haar brieven steeds over. Nieuwe buren, een nieuw huis, ze was er blij mee ('weer eens wat ander volk, gezelligheid, meer aanspraak'). Hij niet. Hij hield niet van veranderingen.

Wat hij zag was nog erger dan hij had gedacht. Rijen en rijen smalle, eendere huisjes. Korte schaduwen tussen de daken. Hier zouden ze nog meer boven op elkaar wonen dan in de oude straatjes die hij gewend was. Hun eigen wijk, de oudste wijk van het dorp, had maanden voor Jonathan vertrok al op de afbraaklijst gestaan. Maar de gemeente was zo traag dat niemand nog geloofde dat het echt ging gebeuren. Terwijl hij vastzat, was het toch snel gegaan. De eerste bewoners gingen in zijn tweede maand over en de rest was druppelsgewijs gevolgd. Zijn moeder zat nu als laatste in hun huis op de braakliggende vlakte. In haar brieven schreef ze dat haar astma de afgelopen maanden weer erger was geworden en dat ze te zwak was om de verhuizing alleen aan te pakken.

Hij drukte op het knopje en even later kwam de bus tot stilstand, de deuren gingen zuchtend open. Hij richtte zijn aandacht weer op zijn ademhaling en vervolgens op de weg, die zich langzaam voor hem uitstrekte. Hier had hij al die maanden naar uitgekeken. De grootte van de lucht, die afgezien van een paar wolkenflarden leeg was. Hij keek omhoog, recht de hemel in. Zijn blik dwaalde ongestoord door de ruimte, nergens onderbroken door tralies, torens, steen. Hoge, lange banen zonlicht op de weg. Hij keek naar de visershuisjes die nog even gespaard waren gebleven, naar hun daken, tuintjes, de top van de kerk. Hier en daar zag hij hengels en vismanden, sloepjes die omgekeerd tegen de gevels rustten. Daarachter de bomen.

Het was een heldere dag en er hing een vochtige, drukkende warmte. Veel te warm voor de tijd van het jaar. Hij dacht aan het *Natuurblad*, dat zijn moeder hem trouw elke maand met een van haar brieven meestuurde. Altijd schreef ze er in haar schuine handschrift dezelfde tekst bij: 'Voor mijn jochie, en dat-ie maar snel thuis mag komen.' Een paar weken geleden had hij gelezen dat door de aanhoudende hitte de eerste nesten van de bastaardsatijnrups al in de duindoornstruiken waren gezien, veel te vroeg. Er groeiden misschien wel pluimen aan de toppen van het duinriet. 'Zie je wel,' had hij in zijn cel tegen zichzelf gefluisterd, terwijl hij het tijdschrift in het mapje bij zijn therapiewerkschrift onder zijn matras schoof. 'Zie je wel, het klopt niet; de natuur is niet meer te vertrouwen. Alles is van slag.'

Hun huis was klein, nog kleiner dan hij het zich herinnerde. Met nog één ander huis stond het aan de rand van een kale vlakte. Los van wat dorre struikjes, stenen en bouwafval was het hier volkomen leeg. Het hele blok vissershuisjes naast hen was gewoonweg verdwenen. Ook de hoogbouw was weg. De twee flatgebouwen die hier hadden gestaan waren opgelost in het niets, alsof ze er nooit geweest waren. Alsof zijn herinnering niet echt was. Toch zag hij het allemaal nog in detail voor zich. Op de derde verdieping van de tweede flat woonde Elizabeth. De hele buurt noemde haar Betsy. Hij ook. Maar alleen in gedachten.

Hij zag haar weer met haar bovenlichaam over de reling van het balkon hangen, ze zwaaide naar iedereen die langsliep. Hij hoorde haar hoge, dunne stem. 'Dáág, Fred, dáág, mama, dáág, Jo.' Hij keek naar een plek in de stille, licht trillende lucht en een ogenblik lang leek het alsof ze daar liep. Met haar net iets te grote, onhandige hoofd dat altijd lichtjes schudde. Haar ronde gezicht, lieve lach. Haar mond die altijd een beetje openhing.

Hij keek om zich heen, alsof ze nog ergens rond kon zwerven tussen de droge stompjes van struikjes. Natuurlijk was ze allang weg. Na wat er was gebeurd, waren zij en haar ouders naar de stad verhuisd. Nog een poos bleef hij staan, zijn ogen dichtgeknepen tegen de brandende zon. Het licht schitterde. Even klonk er een vreemd suizen op vanuit de leegte om hem heen. Bij de aanblik van hun huis tussen de vervallen sloopresten bekroop hem een angstig gevoel. Alsof het allemaal niet klopte. Alsof hij hier toch niet hoorde. Alsof hij toch heel ergens anders hoorde. Maar hij zou niet weten waar en hij wist ook niet hoe hij daarachter kon komen.

Tussen de lage, stenen muren van hun huis was het zo mogelijk nog heter dan buiten. Zijn moeder wachtte op hem in de gloeiend hete bijkeuken. In het zomerbloesje dat ze had zolang hij zich kon herinneren. Het was krap en spande om haar boezem.

'Jochie.'

'Mam.'

Hij lachte wat, zij lachte, maar hij begroette haar niet zoals hij had gehoopt. Niet zoals hij had bedacht. Ook niet zoals hij het zich de afgelopen dagen, zenuwachtig, verwachtingsvol, van achter het raam van zijn cel, had voorgesteld. Te voorzichtig, te aarzelend.

'Je bent er weer.' Haar ogen glansden. Hij lachte opnieuw, een beetje verlegen, ongemakkelijk met de situatie. Jochie. Hij snoof, alsof hij tien was, en geen dertig. Zijn glimlach moest groot zijn, zo had hij het van tevoren bedacht. Maar de spieren in zijn gezicht voelden stijf aan en werkten niet mee. Hij probeerde het nog eens. Ze was al die tijd alleen geweest, dacht hij, dat was zijn schuld. Nu moest hij het goedmaken. Het minste wat hij kon doen was een beetje vriendelijk zijn.

Zwijgend stonden ze tegenover elkaar in de kleine bijkeuken, van bovenaf begluurd door het stenen Mariabeeld dat daar al sinds zijn kindertijd hing. Stilletjes, met gevouwen handen, keek ze met een schuine blik van onder haar half gesloten oogleden naar de grond. Alsof ze iets zocht wat ze maar niet vond. Als altijd keek ze langs hen heen, hoeveel zijn moeder ook tot haar bad en liefdevol haar voeten afstofte, ze had haar blik nog nooit tot hen gericht.

Ze bleven een poos zo staan. Het zweet droop over zijn rug. De lucht was hier nauwelijks in te ademen. Het huis leek vochtiger geworden. Hij had gezien dat het behang in het halletje bladderde en blazen had en dat het zeil bij de naden begon op te bollen.

'Jochie, eindelijk. Goddank, ik dacht dat ik je nooit meer...' Ze maakte haar zin niet af. Hij hoorde een ruis in haar adem.

'Ik ben er nu.'

Al die maanden was ze hem nooit op komen zoeken. Hij wilde het niet, kon het niet, had het niet kunnen verdragen haar daar te ontvangen, in de gehorige bezoekzaal met al die anderen. Zij had eerst een tijd aangedrongen maar het toen opgegeven.

Hij veegde met zijn mouw het zweet uit zijn nek en van zijn ogen, en keerde zich wat meer naar haar toe om haar beter te kunnen bekijken. Even dacht hij iets in haar gezicht te zien veranderen. Wat spiertjes rond haar mond verstrakten; voor een moment was hij bang dat ze zou gaan huilen. Maar er gebeurde niks. Ze tilde alleen haar kettinkje op tussen duim en wijsvinger en liet het toen zachtjes in haar hals terugvallen.

Hij kon zien dat de astma haar had verzwakt. Haar huid was slap geworden en zat vol kleine, haast onzichtbare lijntjes die ondiepe sporen trokken over haar gezicht en elkaar vonden in een lichte frons boven de brug van haar neus. Ze had de hoop, wist hij uit haar brieven, dat het beter zou worden in het nieuwe huis, dat ze dacht dat het daar minder klam zou zijn. Maar nu hij had gezien hoe haastig en goedkoop de woningen waren neergezet, wist hij dat het daar net zo erg werd als hier.

De stilte vulde de ruimte. Alleen zacht televisiegebrom bereikte hem vanuit de woonkamer. Hij schraapte zijn keel en dacht er even aan haar alsnog te omhelzen. Zijn armen om haar schouders, haar vertrouwde geur. Maar hij deed het niet, de gedachte eraan verstarde zijn spieren. Hij stak alleen zijn hand naar haar uit, richting haar arm, aarzelend, tastend, en trok hem terug.

'Heb je een goede reis gehad, jochie?' vroeg ze. 'Hoe verliep je reis?' herhaalde ze zichzelf. 'Had je wel voldoende geld bij je?'

'Dat weet je toch?' Hij draaide met zijn vingers aan de punt van de zakdoek die hij uit zijn zak had gehaald, veegde ermee langs zijn hals en verklaarde zonder haar aan te kijken nog eens: 'Dat weet je toch? Ze gaven me toch een kaartje? Dat had ik je toch gezegd?'

'Maak ik thee voor je?'

Ze deed een stap zijn kant op en opende haar handen, toonde hem haar handpalmen, alsof ze hem iets wilde laten zien, een teken van verzoening, alsof ze hem daarmee beloofde geen moeilijke vragen te zullen stellen. Nooit. Of: niet alsnog. Nog voor hij wat kon zeggen vervolgde ze: 'Kwam de bus wel op tijd? Had je eten bij je?'

'Het is niet ver, hè, half uurtje. Dat weet je toch, mam?'

Ze vroeg om maar wat te vragen. Net als in haar brieven. Nooit vroeg ze hem wat over zijn zaak. En hij zei er ook niks over. Het kon niet anders of ze wist waarvoor hij was veroordeeld, en vrijgesproken. Maar haar brieven gingen over de verhuizing, het weer, Bijbelspreuken. En hij schreef haar over de dingen die hij las in het *Natuurblad*, over de vogels die hij zag.

'Wil je limonade anders? Wil je een lekker glas limonade?' Ze maakte aanstalten zich naar de lage koelkast toe te buigen. Zijn blik werd naar het aanrecht getrokken. Hoewel de ochtend al een eind gevorderd was, stond het vol troep van het ontbijt. Ook het bestek en servies van de vorige avond waren zo te zien nog niet afgewassen.

'Ik ga naar de duinen.'

'Nu al?'

'Ik moet even naar buiten'

'Drink eerst wat.'

Opeens voelde hij hoe de spanning in zijn spieren terugkeerde en hoe de pezen in zijn nek verstrakten. Hij trok zijn hals wat naar achter, en hoorde een droge knak van een krakende wervel. Met beide handen kamde hij het bezwete haar van zijn voorhoofd. Plotseling wilde hij niks liever dan alleen zijn.

'Is Milk al uit geweest? Anders neem ik hem mee.' Een laagje vocht overdekte zijn hals en rug. 'Er is hier geen lucht.' Hij bewoog zijn handen alsof hij een plek kon aanwijzen waarin de lucht in werd weggezogen. Tegelijkertijd hoorde hij zijn eigen woorden en merkte dat zijn stem niet vriendelijk was. Aan de kraag van zijn hemd pulkend, probeerde hij het opnieuw. 'Ik ga even een stukje lopen, dat snap je wel, toch?'

'Ja, ga maar, jongen. Hij is nog niet uit geweest, alleen op het plaatsje.'

Hij vond de riem als altijd aan de deurklink en zag door de openstaande schuifdeuren hoe rommelig de woonkamer was. Overal lagen spelkaarten in slordige stapeltjes, kladpapiertjes, reclamefolders, een van haar rozenkranzen, haar bijbeltje.

Hij zuchtte, zijn maag verstrakte. Dat is iets voor later, dacht hij. Eén stap tegelijk. Ik zal het hier zo eens goed opruimen, alles aan kant maken. Dat kan ik als de beste. Maar eerst naar buiten.

Onrustig liet hij het koord van de hondenriem door zijn vingers glijden. Met een korte fluit tussen zijn voortanden riep hij de hond. 'Milk!'

'Ben je op tijd terug?'

Hij zei dat hij op de tijd zou letten. Ze praatte te veel, schoot het door hem heen. Dat had hij nooit kunnen verdragen maar nu was hij het helemaal niet meer gewend. Te veel woorden, daar hield hij niet van. Woorden leverden zo vaak maar ellende op.

Weer zei ze dat hij veel moest drinken. Weer zei hij ja. Ze draaide zich om, pakte een fles uit het keukenkastje en vulde die met water. 'Vul 'm maar steeds bij, bij de pomp in het duin.'

Hij voelde haar piepende, moeizame ademhaling haast in zijn eigen longen. Zonder dat hij het wilde dacht hij aan de gevangenis. De blikken van de mannen zodra hij maar zijn cel uit was om wat te eten te pakken. Altijd die vrees voor het moment dat de bewaarders even niet opletten. Het wachten op het onvermijdelijke. Nooit eerder was hij zo bang geweest. Elke dag zo vreselijk bang. Steeds die vrees dat hij het niet langer uit zou houden. Toch bleef de tijd telkens maar doorglijden.

Van achter de half openstaande deur naar de woonkamer hoorde hij door de televisiestemmen heen zacht tikkende hondennagels zijn kant op komen. Op zijn kromme poten kwam het oude beest aangeslenterd, de tong uit zijn bek.

'Milk,' zei hij zacht. Onverwachts sprongen er tranen in zijn ogen, als kleine naaldjes. Om ze niet toe te laten, schraapte hij zijn keel, en nog eens, en liet zich door zijn knieën zakken. De hond bleef staan en hield zijn kop schuin als om hem eens goed te bekijken, en liep toen op hem af, rekte zijn hals en begon kwispelend met lange halen zijn gezicht te likken.

'Beessie. Beessie toch,' zei hij lachend. Hij klauwde het beest met zijn nagels uitgebreid door zijn vacht en hoorde hem diep en tevreden grommen. Daarna duwde hij zijn wang tegen de flank van zijn lijf en voelde de gloeiende warmte. Zijn handen ging snel strelend over de stugge, korte haren en hij pakte met beide handen zijn oren vast. 'Ga je met me mee, vriend? Ga je mee?' De hond blafte kort en hoog en drentelde achter hem aan.

Snel bracht hij eerst zijn tas naar zijn kamer. Hij stond stil midden in de kleine ruimte, de amper tien vierkante meter die hij al zijn hele leven bewoonde. Het zag er somberder uit dan hij zich herinnerde. De schuine balken, het lage licht. Het aquarium leeg in de hoek onder het raam. Dat moest hij zo snel mogelijk vullen, hij werd er meteen nerveus van. Hij wist dat hij zich pas echt thuis zou voelen met vissen in de bak.

Hij had altijd vissen gehouden. Zijn moeder had er niks mee, maar de beesten maakten hem rustig. De trage, kalme cirkels die ze trokken, het glijden van hun vinnen door het water. Alsof ze voor hem de tijd weghapten, de tijd waar hij zich geen raad mee wist. Hij kon zich niet anders herinneren dan dat hij die vage angst had hoe hij de dag moest doorkomen, hoe hij de uren moest vullen. Zodra hij terug was van zijn werk leek de tijd totdat hij kon gaan slapen een leegte die niet te overbruggen was.

'Niet dralen,' zei hij tegen zichzelf, 'kom op, naar buiten, nu het eindelijk kan.' Hij legde zijn tas op bed, maar een moment later zat hij toch voor het aquarium geknield. Wat was het vies, dat kon hij zo niet achterlaten.

Hij haalde een emmer en afwasmiddel uit het washok naast zijn kamer. Zo goed en kwaad als het ging schrobde hij de vetvlekken van het glas terwijl de hond onrustige rondjes liep over het tapijt. Hij hoorde hem zachtjes piepen.

'Ga eens liggen, jongen,' zei hij. En toen hij niet reageerde: 'Lig!' Maar het beest weigerde. Jonathan keek naar hem, naar zijn rare, slappe oren, de trillende neus. Opeens leek het alsof hij wat manker was gaan lopen. Met zijn hand op de rug van de hond duwde hij hem voorzichtig naar de grond. Zacht, klaaglijk piepend bleef het dier zo liggen.

Met zijn krabbertje kraste Jonathan snel de algen weg die zich in de randen hadden vastgezet. Hij spoelde een laagje water over de bodem en probeerde of zijn oude pomp nog werkte. Hij sloot hem aan en wachtte terwijl hij met zijn zakmes nog wat roestvlekjes wegschraapte. Na een tijdje kwam de pomp kuchend en hoestend op gang en blies een krachteloze maar gestage stroom bubbels door het water.

Hij lijnde de hond aan en vertrok via de achterdeur. Hij liep snel, zijn rug gebogen, schouders ingetrokken, zijn blik naar beneden. Hoewel hij op straat niemand zag, voelde hij zich bekeken. Vlug liep hij langs de rugzijde van de huizen aan de rand van het dorp in de richting van de zee. De hemel was nog steeds leeg en straalde van het zonlicht, dat drukte op de aarde. Al snel dwaalde hij door de duinen waar hij al zijn hele leven kwam, en draafde de hond braaf, maar zwaar hijgend achter hem aan.

Het was zo lang geleden dat hij hier was geweest en hij voelde hoe hij had kunnen genieten als zijn gedachten aan de gevangenis er niet waren geweest. Hij probeerde ze af te schudden, bewoog zachtjes met zijn hoofd. Steeds bleef hij even stilstaan, op het duinpad, onder de lege koepel van de lucht, snoof de geur op van de aarde, en voorzichtig, langzaamaan, wist hij zich los te maken van zijn piekergedachten.

Vanuit zijn ooghoeken zag hij dat de hond steeds verwachtingsvol naar hem opkeek, in de hoop dat hij een stok zou gooien, dat ze samen in een vennetje zouden zwemmen, of gewoon ergens een dutje zouden doen, zoals zo vaak. 'Nog even, jongen,' zei hij tegen hem.

Steeds weer keek hij omhoog, kantelde zijn hoofd, tuurde de eindeloze lucht in. 'Kijk nou, Milk,' fluisterde hij, 'kijk nou.' De zon brandde hevig, vuurde zijn genadeloze hitte op de aarde af met een kracht die hij niet meer gewend was. Het vocht droop van zijn wangen. Steeds dieper drong hij het duingebied in, zoog alles in zich op. Elke geur, elk ritselgeluidje, alsof hij daarmee alles even aanraakte, de dingen eraan wilde herinneren wie hij was, dat hij terug was. De grillige takken van de meidoorn tegen de lucht, die speciale geur van de dennen, het zand, het water van de duinmeertjes.

In een duinpan bij een vennetje ging hij liggen, deed zijn ogen dicht en vrijwel meteen weer open omdat hij dacht dat hij wat hoorde. Maar er was niemand. Hij voelde een licht briesje op zijn huid, hoorde het riet knerpen achter zijn rug. Dit was de droge stilte. Hier had hij elke smerige seconde van die eindeloze dagen en nachten op gewacht. Om hier weer te zijn, vertrouwd, alleen met de hond. Hij pakte zijn waterfles, zette hem aan zijn lippen en goot vervolgens wat water in zijn handen, gaf de hond te drinken uit het kommetje dat hij maakte en voelde de ruwe tong op zijn huid. Toen hij uitgedronken was, kwam het beest naast hem liggen. Hij strekte zijn arm uit en krabbelde hem over zijn kop. Een hele tijd bleef hij zo liggen, genietend van elk moment in deze koepel van warmte.

Hij voelde de belachelijke neiging te gaan bidden, iets te doen om zijn dankbaarheid te tonen, maar hij kon daar allemaal niet in geloven, hoezeer zijn moeder het ook probeerde. Hij dacht aan het kruisje dat ze had geslagen vlak voor hij was vertrokken. Met haar wijsvinger had ze een denkbeeldige kruisbeweging op zijn voorhoofd getekend. Hij snoof. Nog voor hij vast kwam te zitten, geloofde hij er al niet meer in. Wie kon bewijzen dat er iets waar was van dat alles? Het was geen wetenschap, zoals het behandelprogramma waar hij aan meedeed. Dat was onderbouwd met cijfers, statistieken.

Sinds de pre-therapie een ruime maand geleden was opgestart, had hij wekelijks een gesprek met de gevangenispsycholoog. En maakte hij om de dag een opdracht uit zijn werkboek. Ook al begreep hij niet alles wat de psycholoog uitlegde, de termen die hij gebruikte waren veelbelovend: terugvalpreventieplan, signaleringssysteem. Het schema dat hij had gekregen stond vol vakjes, met daarin korte teksten over hoe hij zich moest gedragen. Wat goed was en wat niet; waar mogelijk risico zat. Met behulp van dit schema was hij bezig zichzelf grondig te veranderen.

'Wat doe jij je best, Jonathan, wat ben jij gemotiveerd,' had de psycholoog gezegd. 'Zo zie ik het niet vaak.' En hij had hem recht aangekeken met zijn lichte ogen.

Jonathan was aanvankelijk ongemakkelijk geworden van de man. Het was lang geleden dat iemand hem bij zijn voornaam noemde en zo vriendelijk tegen hem was.

Gelukkig mocht hij zijn therapieboek meenemen naar huis en kon hij er zelf mee verder gaan. Hij dacht aan het telefoontje van zijn advocaat, een ruime week geleden. Er was te weinig technisch bewijs, zei hij. Geen kloppend verhaal. Het slachtoffer had weinig kunnen vertellen. 'Slachtoffer', dat woord had hem elke keer zo gestoken. Hij wilde er niet aan denken.

'U bent voorlopig vrij,' zei zijn advocaat en voor hij het wist, stond hij al op straat. Nadat hij vanochtend was opgestaan, had hij nog een tijd voor de zwart bespikkelde spiegel in het badhok van zijn cel gestaan en zichzelf ongelovig aangekeken, duizelig van zijn gedachten. Van alles wat hij voelde, maar waar hij geen naam voor wist.

Toen Jonathan weer begon te lopen richtte hij zich op de kracht die hij in zijn lichaam voelde. In zijn vezels, zijn spieren, dijen, rug. Alsof hij nog een kind was, holde hij een stukje het duin op. Hij wilde zich uitgelaten voelen, maar het werd alleen maar warmer en zijn ledematen werden zwaarder. Hij wreef met de rug van zijn hand de steeds terugkerende druppels van zijn voorhoofd.

Hij liep lange tijd door de duinen, tot de zon hem begon te vermoeien, deed samen met de hond een dutje in een duinpan en besloot op de terugweg langs het afgravingkanaal te gaan. Hier kwam hij zijn leven lang al om te vissen. Het was de enige poel in het duingebied met brak, bijna zoet water. Daar leefden de baars, de rietvoorn en de aal. Als je geluk had zelfs wel een karper of een snoek.

Er waren wat rafelige wolkenflarden aan de hemel verschenen. Ze dreven laag over en spiegelden zich in het water. Even dacht hij wat te horen, spitste zijn oren. Ritselde er wat in het helmgras? Hij hield stil, spiedde om zich heen, maar er was niks. In de lucht alleen meeuwen die traag langs gleden. Hun schaduwen trokken over het wateroppervlak.

Hij liep naar de oever van het meer. De riethelmen die hij wegduwde, prikten in zijn armen en schuurden langs zijn shirt. Met de hond achter zich aan baande hij zich een weg door het riet tot aan de oever. Daar leunde hij voorover, zodat hij de zon in zijn rug had en door het water heen kon kijken. Nadat hij een poosje naar de bodem had getuurd, kwam hij nog dichterbij en zag hij wat bewegen. Donkere plekken verschoven langzaam onder in de poel, groter dan wat hij hier ooit eerder had gezien. Het moesten vissen zijn, maar welke? Terwijl hij er ingespannen naar zat te kijken, voelde hij zijn hart opgewonden trillen in zijn hals. De grote schaduwen schoven langzaam heen en weer, links en rechts over de bodem. Uit zijn ooghoeken zag hij dat de hond wat meters van hem vandaan was gelopen en met gebogen kop een bos helmsprieten langs de waterrand besnuffelde, om daarna te verdwijnen tussen de rietstengels. Het geplons van opspattend water vertelde hem dat het beest een stukje het meertje in was gegaan en daar rondspetterde.

Jonathan richtte zijn aandacht opnieuw op wat er op de bodem te zien was. 'Hé,' zei hij en hoorde, sinds wat een hele tijd leek, zijn eigen stem weer, 'hé, wie zijn jullie?' Met zijn ellebogen het riet verder opzij duwend, boog hij zich nog dieper voorover. Kleine luchtbelletjes borrelden vanuit de diepte omhoog. 'Hé, waar komen jullie vandaan?'

Het waren grote vissen, dat was zeker, maar hij kon ze niet thuisbrengen. Misschien karpers die in de bodem wroetten op zoek naar voedsel, maar ze waren te ver weg om dat te kunnen onderscheiden. Hij had altijd karpers willen houden. Bij die gedachte wilde hij eigenlijk meteen naar huis, zijn hengel halen. Maar gezien de stand van de zon schatte hij dat het zeker half vier was en hij had zijn moeder beloofd boodschappen te doen: vlees, aardappels, brood, wijn. Ze had hem geld meegegeven. Kon hij nog naar huis rennen, zijn hengel halen, een vis vangen en vanavond zijn aquarium op orde krijgen? Snel rekende hij: vier uur thuis, half vijf hier, wachten, vangen, teruglopen, vijf uur, half zes, nee, dat werd te laat. Hij balde zijn vuisten, hoorde de woorden van zijn psycholoog. 'Bij jou is het eerst doen, dan denken. Dat gaan we omkeren.'

Hij stond op en bleef even stilstaan. Nu moet ik goed opletten, dacht hij. Nu. Het begint nu. Adem verliet in stoten zijn mond. Morgenochtend. Ik moet het morgenochtend doen. Dan is het zondag, ik hoef maandag pas te werken. Met zijn grootste hengel zou het moeten lukken.

Met grote passen liep hij via het hoogste duin terug naar het dorp. Op de top stond hij stil. In de verte was de zee, een stille vlakte, met hier en daar een paar eenzame vrachtschepen aan de horizon. Verderop doemden de daken alweer op. De huizen, de mensen, elke straat hetzelfde, elk gezicht hetzelfde. Hij trok zijn hoofd tussen zijn schouders, richtte zijn aandacht op het geluid van zijn eigen adem. Hij telde zijn stappen. Een, twee, drie, vier, vijf, zes, zeven, acht, een, twee, drie, vier. Af en toe keek hij kort op, om zijn blik vervolgens weer op de tegels te richten.

Hij kon de mensen niet verdragen. Ze praatten niet met hem, ze kenden hem niet, gingen af op het gefluister in de steegjes. Zelfs de daken van de huisjes bogen zich zo dicht, zo samenzweerderig naar elkaar toe, alsof ook zij meededen aan het geroddel. De straten grepen zich in elkaar vast, de grootste allemaal eindigend in het pleintje met de kerk, waarvan de toren met zijn hoge spits bemoeizuchtig overal bovenuit keek. Gelukkig was er nu geen mens op straat.

Net buiten het dorp, bij de supermarkt in de haven waar het altijd druk was en hij de dorpelingen kon vermijden, kocht hij speklapjes en de rest van de boodschappen. Daarna zat hij even op een bankje. Hij dacht aan de therapie die hem tot een ander mens zou maken. Module 1 was af, nog vier te gaan. Een ander mens. Een nieuw mens. Hij peinsde erover. Kon hij nieuw worden? Hij had zich nooit nieuw gevoeld. Zijn schouders zeurden alsof hij voortdurend met zware manden visafval door de fabriek zeulde. Hij keek naar zijn handen, die losjes op zijn knieën lagen. De vingers, kort en krom, waren gespannen, de huid strak, hier en daar wondjes. Nu ook nog dat litteken boven zijn lip. Met dit lichaam moest hij nog jarenlang rondlopen en proberen uit de problemen te blijven.

Zo dadelijk zou hij zijn sleutel in het slot steken en het televisiegemurmel horen. Tegenover zijn moeder aan tafel zitten, te dichtbij. Een kaartje leggen, haar in zichzelf de scores horen mompelen, de woorden van de verzen die ze in haar oude bijbeltje las. Televisiekijken, koffiezetten. Hij bleef nog een tijdje zitten en trok aan de velletjes van zijn nagels.

Hij stond in de kleine keuken achter het aanrecht. Zijn moeder zat op de keukenstoel bij het raam en speelde een kaartspel tegen zichzelf. Patience. Het was bijna half vijf en nog net zo heet als toen de zon op zijn hoogste punt was. Het raam stond open. Er was geen zuchtje wind. De rug van zijn hemd plakte aan zijn huid.

Op het werkblad was het nog steeds een troep. Overal bestek, glazen met vettige vlekken en restjes wijn. Hij maakte een sopje, boende alles grondig en legde de boodschappen op het schoongewreven aanrecht. Het brood, de zak met aardappels, het vlees. Het scherpste mes en de spatel legde hij klaar, ruimde toen de keukenkastjes uit, sopte ze, ruimde ze opnieuw in en begon de aardappels te schillen.

Nu hij weer thuis was, zou hij elke dag koken, zoals hij altijd had gedaan. Daar hield hij van, vaste bezigheden, vaste tijden. En hij was goed in het zorgen voor anderen. Toen hij in het werkboek zijn sterke eigenschappen had moeten opschrijven, vond hij dit een van zijn beste kanten. Zorgzaamheid.

Hij dacht terug aan de intelligentietest die hij bij de psycholoog moest maken. Op sommige punten was hij minder sterk dan gemiddeld, was hem uitgelegd. Maar op andere punten was zijn verstand juist heel goed ontwikkeld. Oog voor detail, bijvoorbeeld. Dat kwam nu goed van pas. Zo verzonken in gedachten was hij zijn moeder haast vergeten. Nu voelde hij haar aanwezigheid weer. Af en toe mompelde ze wat of neuriede ze een zacht, vrij toonloos wijsje. Wanneer hij een kopje of bord wegzette in de kast, zag hij hoe ze met een zakdoek in haar linkerhand het zweet uit haar gezicht veegde en met de rechterhand haar scores bijhield. Hij probeerde haar aanwezigheid hem niet te veel te laten hinderen. Na een tijdje nam ze de hond mee de woonkamer in, strekte zich uit op de bank en riep: 'Jo, kom je hier zitten?'

Hij nam zijn pannetje mee en ging op een kruk schuin tegenover haar zitten. De televisie stond aan, zoals altijd. Met korte bewegingen trok hij het heft van het mesje naar zich toe en sneed de schil van de aardappels los. Met een plons belandden de gladde, naakte knollen een voor een in de pan. Zijn moeder en hij zaten zo dicht op elkaar dat hij een beetje schuin moest zitten om met zijn knieën de hare niet te raken. Hij schoof een stukje naar achter.

Ze keek naar een quiz die hem niet kon boeien en had al wijn voor zichzelf ingeschonken. Steeds reikte ze naar het tafeltje naast haar, een paar langwerpige ijsklonten dreven net onder de rand van het glas.

Om vijf uur was hij klaar met de voorbereidingen en had nog een half uur om een opdracht te maken. Dat was genoeg. In de gevangenis deed hij er eentje om de dag, nu wilde hij er wel twee per dag maken. Hij voelde hoe hij bij dat voornemen van binnen begon te gloeien. 'Je bent een harde werker,' had de psycholoog immers gezegd. En hard werken was nu extra belangrijk.

Hij ging naar boven. De oude traptreden kraakten onder zijn voeten. Hij voelde de splinters in het hout door zijn sokken heen. Met opgetrokken benen ging hij met zijn rug tegen de muur op bed zitten, zijn armen om zijn knieën. Hij haalde diep adem en keek even voor zich uit, pakte toen zijn werkboek van onder zijn kussen en klemde het tussen zijn benen. Hij keek zijn kamer rond: zijn bed, de stoel, het tafeltje, het aquarium. Op het nachtkastje stonden een pennenbak met twee pennen, een potlood en een gum, een lampje, een reiswekkertje met lichtgevende wijzerplaat en een doosje tissues. Niks aan de wanden. In de gevangenis hadden andere mannen foto's en posters uit tijdschriften op de muren van hun cel geprikt. Hij niet. Als kind al hield hij van leegte en overzicht. Al zijn geld had hij altijd in zijn visgerei gestoken. Even luisterde hij nog naar de stilte, sloeg toen het werkboek open en begon.

De eerste opdracht luidde: 'Eerste hulp bij boosheid en spanning.' Er stond een eerstehulpkaart bij met oplossingen om 'uit een spanningsverhogende situatie te stappen'. 'Weglopen en een ontspanningsoefening doen,' las hij, 'om hulp vragen, gaan wandelen.' Hij moest er zelf ook een paar bedenken: 'Met de hond lopen,' schreef hij op. 'Het aquarium schoonmaken.' 'Koken.' Toen kon hij niks meer bedenken.

Hij schoof het gordijn een eindje opzij en keek naar buiten. Niets dan zand, keien, wat bouwafval. Schuin onder zijn raam keek hij uit op het plaatsje van het buurhuis, waar toen hij wegging niemand had gewoond. Op de grond lag nu een kinderfiets met een kapot stuur.

Iets voor half zes hoorde hij beneden de kamerdeur open- en dichtgaan, gevolgd door zijn moeders trage voetstappen in het halletje. Ze kwam aarzelend de trap op. Zijn spieren verstrakten. Ze kwam haast nooit boven. Hij trok het gordijn dicht, pakte zijn werkboek, bladerde er wat in en las afwezig een paar zinnen. Toen ging langzaam de deur open en zonder iets te zeggen stapte zijn moeder de kamer binnen. Ze ging aan zijn voeteneinde zitten en hij legde het boek snel onder zijn kussen.

'Wat is het toch fijn dat je er weer bent, jochie,' zei ze na een tijdje. Hij hoorde haar adem. Ze glimlachte en keek hem heel kort aan. Haar blik gleed naar het nog ongevulde aquarium en terug haar schoot in. Hij wist niet wat hij moest zeggen, zweeg en begon toen over het spek dat hij zo goedkoop had kunnen kopen, en over de maaltijd die hij zo zou gaan koken. Daarna viel hij weer stil. Plotseling voelde hij zich ontzettend moe worden. Een deel van hem wilde dat ze bleef, dat ze hier stil en zwijgend zou blijven zitten, maar een ander deel wilde dat ze wegging. Hij wist dat ze was gekomen om te praten.

Ze hield haar handen in haar schoot, met de duimen over elkaar. Ze begon te friemelen aan haar kettinkje. Toen ging ze verzitten en staarde voor zich uit. Met een traag gebaar veegde ze wat druppeltjes uit haar nek.

'Je bent een lieve jongen, Jo,' zei ze, 'maar je bent...' Ze zocht naar woorden... 'Je bent altijd zo alleen.'

Hij zei niets terug, richtte zich op zijn ademhaling. Langzaam in, een paar tellen vasthouden, langzaam uit. Tien keer. Wat kon hij zeggen? Moest hij zeggen dat ze hem niet begreep? Dat hij anders was dan andere mensen? Dat hij niet veel nodig had? Dat wist ze toch? Even keek hij naar haar. Haar gezicht stond vermoeid. Ze glimlachte naar hem.

'Je weet wat ik altijd zeg, Jo. Een mens is er niet op gebouwd zoveel alleen te zijn. We zijn geen dieren. Een mens heeft andere mensen nodig.'

Hij wist niet wat hij daarop moest zeggen en hield zijn mond. Hij vroeg zich opnieuw af wat ze precies wist van wat er was gebeurd.

'Eenzaamheid kan gekke dingen doen met een mens, Jo. Het is niet voor niks dat de Bijbel zegt dat we elkaar nodig hebben. Jij bent ook te veel op jezelf geweest. Altijd maar zo bezig met die dieren, dat is lief, maar het is niet genoeg.'

Even trok ze een zorgelijk gezicht en liet haar handen slap in haar schoot hangen.

'Voor mij wel,' zei hij en toen ze hem bleef aankijken, keek hij weg. 'Ik ben anders dan jij, mam.'

'Ja, ik weet hoe je erover denkt. Je bent verlegen. Je gaat liever de natuur in. Maar er is meer in het leven.'

Het viel hem op hoe haar boezem een beetje meebewoog met de bewegingen van haar handen. Het kettinkje met het kruisje dat over haar kraag heen lag, schudde zachtjes op het ritme van haar ademhaling.

'Ik zal je eens wat vertellen,' ging ze verder. 'Onze oude buurjongen, Harm, weet je nog, die jongen van nummer 7? Aardige knul, maar zat flink aan de je weet wel.' Met haar duim bootste ze de beweging na waarmee iemand de inhoud van een glas in zijn mond kiept. 'Hij was ook altijd maar alleen. Hij is elke week naar de Bijbelbijeenkomst gegaan in de stad. Eerst wilde hij ook niet, maar hij is helemaal opgebloeid. Ik zal eens bellen voor je, als je wilt?'

De stof van haar bloesje trok strak om haar borsten. Hij richtte zijn blik op een zonnestraal die schuin de kamer in viel en zei: 'Dat is echt niet nodig, mam.' Zijn maag verstrakte. Ze luisterde niet. Hij wilde haar vertellen over de therapie, het boek, het schrift, de cijfers die aantoonden dat het werkte wat hij deed, dat hij zich wel zou redden, maar ze zou het niet begrijpen. Hij zag voor zich hoe ze naar hem zou kijken, met toegeknepen ogen, haar mond in een streep. Ze moest niets hebben van de wetenschap. Geloofde niet in de kracht van de psychologie. Het was ook ingewikkeld, dacht hij. En hoe kon hij haar ooit uitleggen wat er was gebeurd? Waar hij allemaal mee bezig was? Het ging over 'copingmechanismen', zo heette dat, had hij geleerd, 'stressregulatie'. Hij begreep het zelf nog niet eens helemaal. Met zijn hand tastte hij onder zijn kussen naar zijn schrift, overwegend haar een stukje voor te lezen. Maar wat als ze er dan vragen over stelde en hij het niet kon uitleggen?

'Er zijn wetenschappelijke methodes, die kan je onderzoeken, maar bij het geloof...' begon hij toch tegen beter weten in.

Maar ze praatte alweer door hem heen: 'Ik zal toch eens bellen wanneer die bijeenkomsten zijn, gewoon om te informeren.'

Ze zaten tegenover elkaar te eten van borden met verschillende motiefjes. Van de rand van zijn bord was een scherfje afgebroken. Het was al half zeven, maar de hitte hing nog steeds tussen de muren.

'Dit is een van de laatste keren dat we in ons oude keukentje zitten,' zei zijn moeder. 'De brief van de gemeente is van de week gekomen, maar dat schreef ik je al, hè? Over drie weken kunnen we erin.' Ze glimlachte. 'Ik zal je zo laten zien welk huis van ons wordt.'

Hij knikte afwezig. 'Hoe vind je het spek?'

'Heerlijk, jongen. Zoals jij dat bakt doet niemand je na.'

Normaal aten ze vooral vis, die hij goedkoop mee kon nemen uit de fabriek. De speklapjes die hij vandaag had gebakken, roken zo heerlijk pittig dat de binnenkant van zijn mond vochtig werd. Hij duwde de punt van zijn mes in het knapperige vet, sneed, proefde. En nog eens. Hij schaamde zich haast voor zijn honger. Maar de zoute, rokerige smaak was het lekkerste dat hij in maanden had geproefd. Zijn moeder lachte voorzichtig naar hem, tastte naar de fles witte wijn die zij op het aanrecht had staan en schroefde de dop eraf.

'Wil je ook een glaasje? Gezellig, nu je weer thuis bent?'

Even twijfelde hij, maar schudde toen zijn hoofd. Hij moest niet drinken, dat verzwakte de remmingen. Zo stond het in het werkboek. Het was een 'ontremmer'. Je kon er impulsief van worden, dingen doen die je eigenlijk niet wilde. Gelukkig hield hij ook niet van de zoete wijn die zij dronk. Hij zag haar boezem zachtjes trillen terwijl ze inschonk. Hij wendde zijn blik af en zocht in de kamer naar Milk. Klakte met zijn tong. 'Kom es, beessie, kom es hier.' De hond kwam op hem af lopen en stond kwispelend voor hem. 'Hier.' Jonathan sneed wat van het spek af en legde het uitnodigend op zijn hand. De hond ging naast hem zitten, begon er eerst voorzichtig met opengesperde, licht trillende neusgaten aan te ruiken, likte er vervolgens een paar keer aan en schrokte het toen in één keer naar binnen.

Zijn moeder verbrak de stilte. 'Hopelijk is daar ook een kaartclub. De gemeente heeft de oude buurtjes over de hele stad verdeeld, hè. Er komt daar veel nieuw volk te wonen. Ik hoop maar dat ze een beetje gezellig zijn. De vorige buren zie ik nooit meer.'

Hij knikte. Dat was zijn schuld. Even stak het achter zijn ogen. Als hij zich beter had gedragen, had zij hier misschien niet al die maanden alleen gezeten. Hij vroeg zich af of ze hem kon vergeven.

Zijn moeder zuchtte, dronk en schonk bij. Hij schepte nog eens op. Terwijl ze at, hoorde hij in de pauzes tussen haar happen het knijpen van haar adem. Ze begon te hoesten. Omdat het een tijdje aanhield, begon hij zich zorgen te maken, vroeg of hij haar puffertje kon halen. Maar ze zei dat het wel ging, nam een paar grote teugen van het water dat hij voor haar had ingeschonken, en kalmeerde.

'Het is die hitte, die klamheid, het is maar goed dat we hier weggaan.'

Hij besloot dat hij snel dozen zou gaan halen bij de supermarkt, om op te ruimen. Ik geef mezelf een week om te wennen, dacht hij, een week om in te pakken en een week om schoon te maken. Dan konden ze over gaan.

De tanden van zijn vork prikten in een volgende reep spek. Hij kauwde, slikte en reeg een stuk brood aan zijn vork, sleepte dat door de jus tot het zich had volgezogen. Hij had zo lang geen fatsoenlijke maaltijd meer gehad, het eten in de gevangenis was altijd te lang gekookt en smakeloos. In zijn maag gaapte een holte die niet te vullen leek.

'Er zijn hiernaast toch nog tijdelijk nieuwe mensen gekomen,' zei zijn moeder na een tijdje. 'Da's natuurlijk goedkoop, hè, zo'n sloophuis.' Ze hield haar gezicht over haar bord gebogen. 'Een moeder en een meisje.'

Een ogenblik dacht hij dat ze naar hem keek en hij richtte zijn blik op zijn bord. Ze stopte met eten en liet haar bestek rusten op de rand van haar bord. Vanuit zijn ooghoeken zag hij haar blik door de keuken dwalen. Hij wilde net nog een stuk brood door het vet halen toen ze verder praatte. Zijn hand bleef aarzelend boven het bord hangen.

'Dat meisje liet Milk elke avond voor me uit. Ze liep alleen maar een rondje om het pleintje, hoor. Niet helemaal naar de meertjes, dat is veel te link voor zo'n kind.'

Hij knikte. Onder tafel voerde hij de hond nog wat spek.

Met sabbelende geluidjes zoog hij het naar binnen.

'Hou daar nou mee op, Jo. Je moet dat beest niet zo voeren. Dat meisje nam eerst ook worst voor hem mee. Ik zei steeds: niet voeren.'

Hij streek zijn zakdoek glad en vouwde hem op. Hij nam nog een hap om zijn aandacht te kunnen richten op het kauwen. Langzaam vermaalde hij alles tot op het laatste korreltje, zijn lippen stijf opeengeklemd. Toen viel zijn oog op een vlek, midden op een bloem in het plastic tafelkleed. Hij bespuugde zijn vingers en begon te vegen.

'Nu jij er bent, is dat gelukkig niet meer nodig, loop jij gewoon weer met Milk.'

Vaak was het alsof haar woorden via sluipweggetjes zijn hoofd binnendrongen en daar langzaam tegen de wanden begonnen te drukken. Hij pakte zijn zakdoek en veegde met gesloten ogen over zijn hals.

Zijn moeder legde haar vork neer en ademde langzaam uit voor ze zei: 'Die moeder werkt in het nieuwe café, Storm, in de haven. Die laat dat kind aan d'r lot over, hoor. Je begrijpt het niet, dat zo'n vrouw dat meisje de hele dag alleen laat.'

Hij had een doekje van het aanrecht gepakt en begon het tafelzeil zorgvuldig schoon te vegen. Zijn moeder dronk van haar wijn en hij hoorde hoe ze een paar keer achter elkaar haar neus ophaalde. Plotseling werd hij overvallen door vermoeidheid en voelde pijn in zijn rug. En tot zijn eigen irritatie was het nu haar stilte waar hij niet tegen kon. Even had hij de indruk dat ze toch meer wist dan hij dacht, dat dat misschien ook de reden was dat ze er zo makkelijk mee had ingestemd hem niet op te zoeken, maar hij wilde het gevoel dat daarbij hoorde geen kans geven. Dus vroeg hij of hij haar bord al kon afruimen. Hij werd nerveus van het zo samen aan tafel zitten. Vlug begon hij de vuile borden en pannen op te stapelen, liet de spoelbak vol water stromen, en terwijl hij de koffie liet doorlopen, zette hij een pannetje met melk op.

'Zal ik je zo koffie brengen, mam?'

'Lekker, jongen,' zei ze, 'fijn.' Ze stond moeizaam op.

Na de afwas klopte hij de plaid van de bank uit, sopte de keukenvloer en luchtte zijn moeders slaapkamer. Met de stang van de stofzuiger drong hij diep in de naden van de vloerdelen in de woonkamer, zoog het stof weg. Daarna trok hij zich terug op zijn kamer om nog een oefening te doen. Als hij er twee per dag zou doen, had hij berekend, zou hij precies over drie weken klaar zijn met het werkboek. Tegen de tijd dat ze verhuisden was hij dan helemaal op kracht en zo sterk als hij zijn kon. Dan had hij alles gehad en kon hij weer beginnen bij de eerste oefening. Herhaling was belangrijk, had de psycholoog gezegd. Sommige mensen leerden makkelijker dan anderen, zei hij ook. Iedereen onthield informatie op zijn eigen manier, sommigen door te lezen, anderen door te doen.

'Voor jou, Jonathan, is herhalen belangrijk, veel herhalen.' De psycholoog had iets uitgelegd over zijn kortetermijngeheugen. 'Je bent er heel goed in om details lange tijd te onthouden. Maar om het gehele overzicht te krijgen,' had hij gezegd, moest hij dingen vaak opnieuw doen. Dat was niet erg. Jonathan schreef de dingen graag op, en daar kon hij gebruik van maken. Steeds opnieuw zou hij alles overlezen, hij zag het voor zich als de naald van de ouderwetse pick-up die zijn moeder nog in de kast had staan. Elke keer dat hij dezelfde plaat opnieuw draaide, zouden de groeven zich verdiepen.

Het zonlicht viel nog steeds in hinderlijke strepen op de muur. Hij trok de gordijnen dicht, maar omdat die niet voldoende sloten, ook niet nadat hij ze met een wasknijper had samengeklemd, kierde er nog licht naar binnen. Hij moest het maar negeren.

Hij nam plaats aan zijn tafeltje, pakte zijn werkboek van zijn bed, sloeg het open, nam zijn pen en keek naar zijn handen. Hij keek op het wekkertje, dat zacht tikte. Negentien uur achtentwintig; hij zou om negentien uur dertig beginnen. Beneden hoorde hij zijn moeder de kraan open- en dichtdraaien en ondertussen een treurig klinkend wijsje zingen. Ze zong door het televisiegebrom heen voor de hond.

Hij las de tekst van de opdracht. 'Jouw oplossingen,' stond erboven. 'Beschermende factoren.' Daar ging het over. Hij las de tekst zacht aan zichzelf voor.

Een tijd dacht hij erover na. Toen stond hij op, liep naar zijn bed, zat daar even, liep van zijn bed naar het tafeltje, stond weer op en ging naar het raam. Hij deed het open en keek naar het plaatsje van de buren. Buiten was het stil. Alleen lege tegels, het kinderfietsje. Er lag nu ook een grote oranjerode skippybal naast. Vanuit het huis kwam geen enkel geluid.

Hij dacht aan de vissen die hij vanmiddag had zien zwemmen over de bodem van het duinmeer. Ze waren zo mooi geweest. In al hun simpelheid. Zo volmaakt kon een mens nooit zijn. Een spiertje in zijn ooghoek begon te trillen. Hij haalde zijn neus op en dwong zijn blik weer op zijn opdracht: een overzicht van hoe hij de komende tijd zijn leven vorm zou gaan geven.

Het raam stond nog open en van buiten dreven er verre geluiden zijn kamer binnen. De toeter van een schip, de kreet van een meeuw. 'Werk en vrije tijd,' stond er. 'Dagindeling en structuur.' Structuur: hij wist dat het een belangrijk woord was. Hij begon met zijn dagindeling. Eerst schreef hij alles met potlood, zijn gum in de aanslag. Achter hem stond de ventilator aan. Toch was het nog steeds heet. Een zweetdruppel viel van zijn voorhoofd op het papier. Met een zakdoek die hij net uit het laatje van zijn kast had gehaald, veegde hij hem voorzichtig weg. Daarna schreef hij, met korte onderbrekingen om het zweet van zijn gezicht te wissen, zijn schema uit. Mompelend vormden zijn lippen de woorden. Hij schreef door tot hij de hele dag van uur tot uur had volgemaakt. Daarna begon hij de woorden met pen over te trekken. Het lukte hem kalm te blijven. Hij schreef:

Opstaan om 5.00 uur
Uitlaten Milk om 5.30 uur
De shift van 6.30 tot 14.30 uur bij visverwerkingsbedrijf Pronk
15.00 uur: uitlaten Milk tweede keer. Mijn moeder vragen of ze hem tussendoor op het plaatsje laat
Van 15.30 tot 17.30 uur: schoonmaken, mijn moeder helpen
Van 17.30 tot 18.00 uur: eerste opdracht maken

Van 18.00 tot 18.30 uur: koken
18.30 uur: eten
Van 19.30 tot 20.00 uur: tweede opdracht maken
20.00 uur: uitlaten Milk derde keer
20.30 tot 22.00 uur: koffiedrinken met mijn moeder.

Wanneer hij tijd had, dacht hij, kon hij een kaartje met haar leggen. En zou hij de twee opdrachten overkijken. Ook dat schreef hij op.

22.00 uur: naar bed

Hij besloot voor het weekend geen aparte dagindeling te maken.

Toen hij klaar was, stond hij op, liep door de kamer en staarde in de lege glazen bak. Hij ging weer zitten. 'Ruimte voor eigen gedachten en aantekeningen,' las hij. Daaronder was het leeg. Hij dacht na, draaide de dop van zijn pen, en schreef eronder: 'Beter.' 'Ik word beter.' Iets anders wist hij niet te verzinnen. Hij onderstreepte het en zette er een reeks uitroeptekens achter.

Daarna bleef hij nog even wachten of hij nog meer eigen gedachten had. Peinzend keek hij naar het papier. Door de vloer drong het geluid van de televisie. Hij spoorde zichzelf aan: 'Je kan het wel.' En: 'Jo, je bent een harde werker.' Maar steeds wanneer hij iets had bedacht, werd zijn gedachte alweer vervaagd door wat hij van beneden hoorde. De televisie, zijn moeder, het blaffen en piepen van de hond. Hij was vergeten hoe lawaaiig het hier was. De dingen die hij dacht leken ook onbelangrijk, te onbenullig om te onthouden.

Hij moest wat hebben om in zijn oren te stoppen, dacht hij. En het was al bijna tijd om Milk uit te laten. Hij liep naar de badkamer en opende het toiletkastje. Tussen toiletspullen en make-up die zijn moeder allang niet meer gebruikte, vond hij een dot watten. Hij pulkte er wat van af, draaide dat tussen zijn vingers tot een klein, hard bolletje en duwde het in zijn mond om het een beetje nat te maken. Een paar pluisjes kwamen los. Hij zoog het balletje tot een glad dopje dat hij in zijn oor kon duwen, en maakte er nog een.

Net toen hij weer zat, ging de bel. En kort daarna nog eens. Hij zuchtte en haalde de dopjes uit zijn oren. Wie kon dat zijn? De wijk was leeg. Door de televisiegeluiden heen hoorde hij zijn moeder naar de voordeur sloffen en de tochtdeur opengaan.

Hij veegde zijn bezwete handpalmen af aan zijn broek en liep naar het raam. De skippybal was weg. In de dakgoot nam een duif een bad in een viezig plasje water, zijn pootjes krassend over het zink. Aan de punt van zijn rechtervleugel kleefde een veertje dat ieder moment kon losraken. Opeens zag hij dat de achterdeur van het buurhuis openstond. Zachtjes sloop hij de overloop op.

'Ik dacht dat je wel wist dat je niet meer hoefde te komen.' Hij kon aan haar stem horen dat ze niet op haar gemak was.

'Mag ik Milk toch nog een keer uitlaten?' De andere stem leek van verder weg te komen.

'Nee, mijn lieve kind, mijn zoon is weer thuis, hè? Dat is niet nodig. Dat heb ik je al zo vaak gezegd.'

Hij stond een paar seconden stil halverwege de bovenste

tree. Toen stapte hij dichterbij.

'We kunnen toch ook samen lopen?' hoorde hij het kind vragen. 'Of om de beurt?'

Hij volgde zijn ademhaling, langzaam in, langzaam uit, ging de laatste treden af en duwde de deur naar het halletje open.

'Daar zal je hem hebben. Mijn zoon,' zei zijn moeder en ze keek hem in het voorbijgaan kort aan.

Zeker een halve meter van de drempel stond het kind. Ze keek een beetje schuw van achter een te lange pony naar hem op. 'Hoi, ik ben Elke.' Ze schoof haar onderlip wat naar voren en probeerde het haar dat over haar voorhoofd hing weg te blazen. Het viel onmiddellijk terug op zijn plek.

'Ga maar snel, Jo,' zei zijn moeder nog vanachter de tochtdeur, 'dat beestje is er wel aan toe.' Hij hoorde de hond in de gang.

Nog een paar keer omkijkend liep zijn moeder weg. Het meisje bleef staan. Ze probeerde langs hem heen te kijken, natuurlijk op zoek naar de hond, dacht hij. Ondertussen verwijderden zijn moeders voetstappen zich in de gang. In de keuken hoorde hij haar hoesten. 'Nou, schiet op, jij, naar buiten,' bromde ze tegen de hond.

Nog steeds stond het kind daar.

Hij hield zijn blik schuin naar beneden gericht, maar bekeek haar door zijn oogharen wat beter.

Ze was klein van stuk; ze kwam bij hem net tot aan zijn borst. Ze droeg een verwassen shirt en goedkope slippers. Haar haar was met een elastiekje bijeengebonden tot een kort, vlassig paardenstaartje. Eigenlijk was het net iets te kort om goed te worden samengebonden, zag hij, waardoor er een steile lok langs haar gezicht viel. Ze krabde aan een schaafwond op haar elleboog.

Onderzoekend keek ze hem aan. 'Ga jíj Milk nu uitlaten?' Ze liet haar onderlip een beetje hangen.

'Ja. Ja, vanaf nu ga ik weer met hem lopen.' Hij hoopte dat zijn stem net zo vastbesloten had geklonken als hij zich had voorgenomen.

Het kind deed nog een stapje naar achter maar bleef op het stoepje staan. Langzaam wiebelde ze van haar ene voet op de andere. Zo stonden ze tegenover elkaar zonder iets te zeggen. Hij wilde langs haar heen kijken, maar zijn ogen werden haar kant op getrokken. Op de een of andere manier voelde hij zich gedwongen haar weer te bekijken.

Ze was erg jong, dacht hij, nog geen tien. Hij zag nog wat dons in haar hals. Ze had kleine, lieve, ontroerende oren. Niet doen, dacht hij. Niet zo denken. Voor je het weet heb je gedachten die niet goed zijn. Cognitieve vervormingen. Of goedpraters. Of iets anders. Hij wist even niet meer precies wat wat was, maar hij zou het zometeen opzoeken.

Net toen hij de hond wilde roepen, kwam het beest vanuit de gang aangesjokt en stond het volgende moment naast hem. Misschien dat hij de stem van het meisje had herkend want hij liep kwispelend op haar af. Ze trok zijn kop tussen haar handen. 'Milkie!' Ze knielde neer, sloeg haar handen om de hals van de hond en fluisterde dingen in zijn oor die het dier zichtbaar ontspanden. Hij liet zich op de grond zakken en begon zacht grommend zijn snuit tegen haar wang te duwen. Het kind boog zich verder door haar knieën, strekte haar hand uit en begon hem uitgebreid te aaien. Met gekromde vingers krabde ze snel, haastig door zijn vacht, precies zoals Jonathan dat ook altijd deed.

Veel mensen waren vies van Milk. Hij was oud en vel over been en op zijn flanken zaten schrale plekken. Nadat je hem had aangeraakt, glansden je vingertoppen van de licht vettige waas die over zijn vacht lag en dan roken ze sterk naar zijn geur. Zelfs Betsy uit het hoge flatgebouw wilde het dier vaak niet aanraken. 'Getsie,' zei ze dan en haar hoofd trilde licht, 'hij is vies, hij moet in bad.'

Onwillekeurig volgden zijn ogen haar vingers. Hij zag hoe ze over de huidplooien gingen die rond de hondenkop lagen gevouwen. Het dier had zijn ogen dicht. Toen viel zijn blik op haar nagels. Ze waren afgekloven, onverzorgd. Toch vertederde het hem.

'Ik weet precies wat hij fijn vindt,' zei ze. 'Kijk. Dat je hem zo over zijn oren aait en dan, hoe heet het, dan zo bij zijn nek. Kijk. Kijk dan. Zo.' En opnieuw keek hij naar haar bezige handen. Ze hield haar kin iets naar boven gericht en haar blik op Jonathans gezicht, terwijl ze haar vingers nog eens over de stugge vacht liet gaan.

Hij moest weglopen van zichzelf maar bleef staan. Dit is de praktijk, dacht hij, en probeerde zich een zin te herinneren die hij in de inleiding van het werkboek had gelezen. De interventies waren onderzocht met een follow-up-periode van zes maanden na de behandeling, en, hoe zat het ook weer, ook na zes maanden waren er percentages gemeten, hij wist niet meer precies hoe het zat, maar die waren veelbelovend. Of stond er een ander woord? Hij moest er niet te lang over nadenken.

'Kom, Milk,' zei hij, zijn eigen gedachtenstroom onderbrekend, 'we gaan.'

Even keek ze met gefronst voorhoofd naar hem op, toen praatte ze verder, negerend wat hij net had gezegd. 'Hij is niet zo heel mooi, maar hij is het schattigste dier dat ik ken. We vinden elkaar heel lief.' Ze bleef zitten, aaide en praatte, nog steeds zacht, tegen het beest. Met de rug van haar hand veegde ze de pluk haar weer uit haar ogen die ook nu weer op dezelfde plek terug viel. 'En ik weet alles van dieren. Wil je zien wat ik bij hem kan doen?' Ze hield stil en keek hem afwachtend aan. Ze leek te hopen op zijn goedkeuring.

Hij wilde nu echt weg, maar toch bleef hij staan, met zijn handen gespannen samengeknepen in zijn zakken. En ook het kind bleef staan, alsof ze moed verzamelde. Toen bracht ze haar vingertoppen voor de snuit van het dier. Milk strekte zijn dunne nek en snuffelde er een tijdje aan. Vervolgens bracht ze haar gezicht zo dicht voor de openhangende bek van de hond dat zijn zurige adem over haar gezicht moest strijken. Triomfantelijk keek ze hem aan. 'Durf jij dat ook?'

Hij hoorde het beest zacht hijgen en keek naar haar lippen, die een beetje openstonden. Daar zag hij haar tanden. Ze waren net iets te groot voor haar mond. Toen ze overeind kwam en voorzichtig lachte, een beetje schuin, viel hem op dat er van haar rechtervoortand een stukje afgebroken was, een scherfje. Hij moest ernaar blijven kijken. Onwillekeurig streek hij met zijn tong over zijn eigen voortanden. Ze zag zijn blik. 'Wat is er met je voortand gebeurd?' De woorden waren er al uit. Hij knikte vluchtig naar haar mond.

Ze liet de hond los en ging rechtop staan. Bedachtzaam schoof ze haar onderlip een stukje uit onder haar bovenlip, snoof, en fronste haar voorhoofd, alsof ze er diep over na moest denken. Haar knieën draaiden zich wat naar binnen. 'Gewoon,' zei ze. Ze keek even naar boven, naar de lucht. En toen: 'Gevallen.' Ze trok haar schouders op alsof ze dieper nadacht en zichzelf de vraag stelde hoe dit was gebeurd. 'Uitgegleden in het zwembad.'

Hij keek over haar kruin naar de lege zandvlakte. Er was een heel zacht briesje opgestoken, dat een takje van de grond pakte en met korte plaagstootjes voor zich uit begon te rollen.

Hij werd overvallen door een vaag gevoel van spanning. Het signaleringsschema lichtte op in zijn hoofd. 'Fase 1: je bent ontspannen.' Was hij ontspannen? Nee, dacht hij, maar dat was hij eigenlijk nooit. Was dit dan fase 2? Dat kon ook niet. Daar stond dat hij verkeerde gedachten had, en wat ook weer nog meer? In elk geval foute gedachten. Die had hij niet. Straks, als hij Milk had uitgelaten, zou hij het schema nog eens nalezen. Het was nu zaak zo snel mogelijk weg te komen, voor zijn hoofd nog voller zou raken.

'Kom op, beessie.' Hij gaf een voorzichtig rukje aan de halsband van de hond, maar die bleef net zo onverstoorbaar liggen.

Het meisje krabde met de half losgelaten voorkant van haar slipper langdurig haar rechterkuit. 'Ik ben dus gevallen bij zwemles,' vervolgde ze. 'En toen durfde ik niet meer te zwemmen.'

Hij knipte de riem aan de halsband. In zijn beleving kwam ze dichterbij. 'Wat naar. Nou, we moeten gaan.'

Hij dacht aan zijn moeder, keek even om maar zag haar niet. 'Kom, Milk,' zei hij zo opgetogen als hij kon, 'kom op.'

'Ik was de enige van de klas die geen diploma had,' zei

ze. Terwijl ze van achter haar lok naar hem bleef kijken, plukte ze met duim- en wijsvinger aan de stof van haar shirt. Er was een bloem op gestikt. Hij zag nu dat er een lichte gloed in haar rechteroog dreef, een koperen vlek die voor een deel de iris bedekte, alsof ze twee verschillende kleuren ogen had. Het zag er geheimzinnig uit. Hij keek er meteen van weg, als werd er van achter een ruk aan zijn hoofd gegeven.

'Kom,' zei hij nog eens tegen de hond en trok aan de riem.

Ze begon weer te praten. 'Ik ga echt wel leren zwemmen, hoor. Ik ben niet stom, als je dat denkt. Of geloof je me soms niet? Eigenlijk mocht ik een klas overslaan, ik zat in een, hoe heet het, speciaal klasje, maar toen papa nog bij ons woonde, wilde hij dat niet. Op mijn nieuwe school, na de vakantie, ga ik al mijn diploma's halen. A, B, C. Misschien D en E. In een heel groot zwembad, want dan moeten we nog een keer verhuizen. We mogen hier niet lang blijven, maar daar mag ik niet over praten eigenlijk. Mama werkt heel hard, om geld te verdienen. Dan gaan we weg.'

Hij knikte, luisterde niet echt, wilde dit horen en toch ook niet. Haar stem was zo fijn en ruiste zacht. Ondertussen keek hij naar de zon en bedacht dat het laat werd. Als hij niet uitkeek, begonnen de dingen te schuiven. Het schema moest strak blijven. Hij hoorde haar iets zeggen over haar moeders werk.

'Heel stom werk, in het café, ze werkt de hele dag. Er komen alleen maar mannen die heel veel drinken en dan gaan ze steeds naar haar borsten zitten kijken.'

Hij schrok ervan. Maar zonder dat hij het kon tegenhouden, liet hij zijn blik over die van haar gaan, die nog plat waren. Heel vaag zag hij de schaduw van haar borstbeen door de stof. Beschaamd keek hij weg, trok zijn schouders naar achteren, ademde diep in en uit en schraapte zijn keel. Vervolgens deed hij een stap langs haar heen en trok de hond achter zich aan.

'Waar gaan jullie heen?' vroeg ze.

'De duinen.' Hij had een klein rondje door de lege wijk willen lopen, maar dat ging nu niet meer. Zo kon hij haar beter van zich afschudden. Op een halfslachtige manier draaide hij zijn hoofd richting het duin.

'Mag ik mee?'

'Nee. Ik ga hem vanaf nu weer uitlaten, hè? Alleen.' Hij gaf nog een rukje aan de lijn. Toen het dier niet reageerde, boog hij zich voorover, aaide hem over de losse huid achter zijn oren en trok hem voorzichtig mee. Eindelijk kwam het beest overeind.

Met de ongemakkelijke hitte nog in zijn nek liep hij weg. Hij dacht aan de verhuizing, aan zijn taken. Hij zou een lijst maken van alles wat er moest gebeuren, een tijdlijn. Dozen halen, afstoffen, spullen uitzoeken, inpakken, adreswijzigingen schrijven.

Net toen hij in zijn hoofd een veilige dam van zijn eigen gedachten had opgeworpen, hoorde hij haar op een paar passen afstand achter zich. 'Weet je wat mijn mama zegt?' Haar stem was wat harder dan net. Hij draaide zich om. Ze had haar ogen toegeknepen, hij kon haar blik niet thuisbrengen. 'Mijn mama zegt dat ik overal mag spelen, als ik maar niet hier kom.'

Plotseling hield hij stil. Zonder dat hij het zelf wilde, bleef hij haar aankijken. Ze hield haar hoofd een tikje schuin en keek naar hem van onder haar haren. Ze blies ze weg en ze vielen terug. Ze stond hem peilend op te nemen. 'Ze zegt dat jij helemaal niet lief bent.'

'Kom, Milk,' spoorde hij de hond aan, 'kom, schiet op.' In zijn nek brandde het nu zo erg dat de haartjes daar leken te schroeien. Nog één keer keek hij om. Ze veegde net de pluk haar weer achter haar oor.

Later die avond stond hij voor het raam in zijn slaapkamer. Het was nog steeds zo heet dat het haast niet uit te houden was. Achter de daken in de verte ging de zon onder. Met zijn hand voelde hij voorzichtig aan zijn gezicht. De huid van zijn wangen, zijn stoppels, kin, het litteken boven zijn lip. Ik ben goed, dacht hij en herhaalde het zacht fluisterend voor zich uit: ik ben goed. Hij probeerde zich de zinnen te herinneren uit de inleiding, die hij met de psycholoog had besproken en gisteren in het werkboek had gelezen. Hij kneep zijn ogen dicht, zocht zijn geheugen af. Op een gegeven moment wist hij het weer. 'Het gaat niet om mij,' zei hij hardop. 'Het gaat niet om mij, maar om mijn daden, om...' Hij aarzelde. 'Het is alleen maar mijn gedrag.'

Hij liep naar zijn tafeltje, pakte het boek erbij, ging op bed zitten en bladerde tot hij de passage had gevonden. 'In deze therapie spreken we over feiten en daden die grensoverschrijdend zijn.' O, ja, dat was het. Hij liep terug naar het raam. 'Het zijn onze feiten en daden die grensoverschrijdend zijn,' zei hij zachtjes tegen de ruit waarin hij zichzelf vaag weerspiegeld zag. 'Die daden leren we hier te beheersen.' Hij las verder, de laatste zinnen herhaalde hij steeds opnieuw: 'Het is niet de persoon van de pleger die slecht is, maar het zijn de daden die grensoverschrijdend zijn. Die daden leren we hier te beheersen.'

Na het wakker worden bleef Jonathan nog een tijdje stil in bed liggen. Hij hield zijn ogen stijf dicht en met zijn hand over zijn voorhoofd schermde hij het al binnendringende licht af. Het was kwart over zes, had hij net op zijn wekkertje gezien. Zondag. Vanachter het zacht bewegende gordijn dreef door het open raam een lauwwarme luchtstroom zijn kamer in. Hij zuchtte, was moe van de lange dag van gisteren. Toch stond hij op en liep naar het badhok, dat aan zijn kamer vastzat. Ik moet 's avonds nog wat eerder gaan slapen, dacht hij toen hij zich stond te wassen, het echte leven is begonnen. De dingen zijn vermoeiend. De hitte is tergend.

Om precies half zeven begon hij aan zijn eerste ronde met Milk. Hij liep vlug. De zon was pas een uur op en het licht dat in de straatjes hing was nog flauw, maar toch was het al warm.

Hij had zijn moeder al vroeg op haar slippers rondjes horen lopen over het plaatsje. Hij wist dat ze soms in alle vroegte buiten liep in een poging meer lucht te krijgen. Ik moet helpen, dacht hij, en weer voelde het alsof het allemaal zijn schuld was. De hitte, het armoedige huis, het net zo schamele huis waar ze straks zouden intrekken.

Hij schudde die gedachte krachtig van zich af, zoals een hond de regendruppels uit zijn vacht. In de keuken maakte hij een grote kan met limonade en ijsklontjes, die zacht tegen elkaar aan tikten toen hij die naar buiten droeg. Zijn moeder was op het bankje tegen het huis gaan zitten, de schaduw van de korte gevel over haar gezicht. Terwijl zij dronk, ging hij aan de slag. Hij klopte haar lakens uit, zoog de stofdeeltjes uit haar matras, stofte met een doek en sopje de slaap- en woonkamer, maakte brood en voerde de hond. Daarna bracht hij haar de speelkaarten. Het was negen uur.

Maar voor hij naar de duinen kon, moest hij van zichzelf nog even aan zijn tafel zitten; hij maakte een oefening over gedachtenstops en herhaalde zijn dagschema een paar keer hardop, in een poging het uit zijn hoofd te leren.

Af en toe stond hij op en keek door de spleet in zijn gordijnen naar het buurhuis. Hij vroeg zich af waar het meisje was. Maar steeds dwong hij zichzelf weer zijn aandacht op zijn taak te houden. Terwijl hij daarmee bezig was, zag hij het gezicht van de psycholoog voor zich. Alsof ze weer tegenover elkaar zaten aan zijn grote bureau. Hoe de man op zijn gemak met zijn elleboog op het tafelblad leunde en zijn andere hand op Jonathans dossier liet rusten. Ook zag hij hoe de spieren van zijn grote, brede kaak zich spanden en zijn ogen zich een beetje vernauwden terwijl hij luisterde of wachtte op een antwoord dat Jonathan moest geven.

'Ik wil vandaag graag de resultaten van het psychologisch onderzoek met je bespreken, Jonathan.' Altijd die blik die hij zo moeilijk thuis kon brengen. Er volgde een woordenstroom. Cijfers, cijfers, cijfers. Al snel duizelde het hem. Hij kreeg een IQ-score, daarover had de man hem al van alles uitgelegd. Maar hoe ingespannen hij ook had geluisterd, hij was het meeste vergeten. Zijn score was lager dan gemiddeld, dat wist hij nog wel, dat vond hij niet prettig om te horen. Maar er bleken ook dingen te zijn die hij juist heel goed kon, zelfs beter dan anderen. Netjes werken, ijverig zijn, doorzetten, zich lang concentreren op één onderwerp.

Hij kreeg ook een score op een lijst voor psychopaten, die was niet hoog. Maar er waren wel andere redenen waardoor de therapeuten dachten dat de kans dat hij nog eens zoiets zou doen groot was. Het was dat het Openbaar Ministerie het bewijs niet rond kreeg en dat hij op alleen een verklaring van een slachtoffer niet kon worden veroordeeld, had zijn advocaat uitgelegd. Dus verviel niet alleen de straf maar ook de tbs.

'We schatten een hoge recidivekans in voor zoiets als waarvoor je bent veroordeeld,' had de psycholoog gezegd. Hij paste in een profiel, legde hij uit, een daderprofiel, en had percentages genoemd die even snel Jonathans hoofd uit waren gespoeld als hij ze had gehoord. Ze hadden weinig meer achtergelaten dan wat vage sporen, ondiepe geultjes, vogelpootjes in het zand.

's Avonds, in zijn cel, had hij op bed gelegen en naar het plafond gestaard. Hij liet zijn handen over zijn lichaam gaan. Wreef over zijn borstkas, hals, zijn gezicht. Ook al wist hij dat het onzin was, toch zocht hij naar een plek onder zijn huid, een verdikking, een kuiltje, iets wat klopte met die percentages uit dat profiel. Iets wat overeenkwam met wat hij vandaag gehoord had. Ging dat echt over hem? Het was een even beangstigend als geruststellend idee dat die man hem beter leek te kennen dan hijzelf.

Maar die tbs-behandeling zou weleens lang kunnen gaan duren, had de psycholoog toen nog gezegd, daar moest hij rekening mee houden. Daarom was het zo belangrijk dat hij zich nu maximaal inzette. Toch bestond er geen garantie voor een snel resultaat en kon de behandeling elk jaar worden verlengd, in principe eindeloos, tot de psychiaters en psychologen in de kliniek oordeelden dat hij genezen was.

Tbs; hij had foldertjes van de klinieken gezien. Twaalf man op een afdeling, cellen aan weerszijden van smalle, gehorige gangen. Hij zou het niet kunnen verdragen, die voortdurende nabijheid van anderen. Jaar in, jaar uit die geuren, het lawaai, die lichamen. Zodra de andere mannen erachter zouden komen waar hij voor zat, namen ze hem te grazen, dat kon niet anders. Het werd hoe dan ook zijn dood. Hij zuchtte. Ook al had die tbs hem verschrikkelijk geleken, met de pre-therapie met zijn gevangenispsycholoog had hij wel langer door willen gaan. Maar met de vrijspraak was ook die nu komen te vervallen. Hij zou zich alleen nog vrijwillig kunnen melden. Er was een behandelcentrum in de stad. De psycholoog had hem het telefoonnummer gegeven, maar hij wist nu al dat hij die stap nooit zou durven zetten.

Tegen tienen trok hij in de bijkeuken zijn lieslaarzen aan en ging weer naar buiten. Hij liep over het plaatsje naar het schuurtje, dat diende als opslaghok. Het was nog geen vijf passen groot en rook altijd vaag naar schimmel. Oude kranten bedekten de vloer. Veel van de ruitjes waren gebroken en glasscherven staken als vlijmscherpe tanden uit de kozijnen. Het was een rotgezicht, hij kon er nauwelijks naar kijken en al jaren was hij van plan het te laten opknappen. Maar nooit was er geld. En nu werd het huis gesloopt en was het te laat.

In het halfduister tastte hij over de wand tot hij de schakelaar vond. Het peertje aan het plafond sprong aan. Fijn stof dwarrelde door de lichtbaan.

Hier had hij zich schuilgehouden op die namiddag. De middag dat hij opgepakt zou worden. Hij wist wat er ging gebeuren, dat schuilen geen zin had. Toch hield hij zich tegen beter weten in op achter wat kistjes met oude pompen die hij moest repareren. Het stak achter zijn ogen. Betsy en hij waren zelfs nog samen terug naar huis gelopen, naast elkaar, zwijgend, haar hoofd nog heviger trillend dan anders. 'Niet vertellen aan je mama, hè?' had hij gezegd. 'Ons geheimpje.' Zo laf, hij haatte zichzelf erom.

Hij hield even zijn adem in en luisterde naar de stilte om hem heen. Al die gedachten die hij had, die ging hij voortaan ombuigen. 'Je hébt gedachten,' herhaalde hij wat hij in het werkboek had gelezen, 'maar je bént ze niet.'

In het zwakke licht van het peertje bekeek hij alle hengels die hij hier had opgehangen. Keurig, van klein naar groot, hingen ze aan de bakstenen muur. De enige die eigenlijk niet in het rijtje hoorde was de hengel van bamboe, die hij als kind had gemaakt. Maar hij kon het niet over zijn hart verkrijgen die weg te doen.

Hij wilde wat groots vangen vandaag en koos een lichte feeder en een matchhengel. Als haak een blauwe aberdeen 8 en 10: vlijmscherp, zeer sterk en dun. Hij haalde een touw door de hengels en liet ze tegen de wand leunen, klaar om over zijn schouder te hangen. De verrekijker moest mee, het schepnet, de emmer.

Ten slotte liep hij over het plaatsje terug de keuken in om het aas klaar te maken. Als hij een flinke, sterke baars of rietvoorn wilde vangen, was goed aas belangrijk. Hij zette water op, schilde drie aardappels, kookte ze en sneed ze in gelijke blokjes, opende een blik maïs, schudde de vierkante korrels in een bakje en zoette ze met suiker. Tot slot sneed hij kaas af en nam wat van Milks brokjes mee. Van boven pakte hij zijn rugzak en stapelde alle bakjes met aas erin op. Als laatste verzamelde hij de hengels, emmer, dobbers en toen was hij klaar om te gaan.

De lucht was schitterend licht. Het werd snel warmer. Zijn moeder stond in haar duster in de deuropening van de bijkeuken en woei zichzelf koelte toe met het bijbeltje. Ze keek met half toegeknepen oogleden de hitte in. Bedenkelijk keek ze naar de hoge, wolkeloze lucht die nu al trilde. Steeds wanneer ze een trek aan haar puffer nam, klonk er een kort, droog ratelgeluidje. Ze wees naar boven. 'Het wordt stikheet vandaag.'

'Ik blijf alleen tot ik wat goeds vang. Voor mijn aquarium, misschien wat lekkers om te eten.'

'Ik hoop het.'

Het bleef even stil maar hij voelde dat ze nog wat wilde zeggen. Hij zei niks en prutste met de hengels.

'Wat zoek je daar toch altijd?' vroeg ze na een poosje. Haar stem klonk niet geïrriteerd, zoals hij vreesde. En opnieuw: 'Wat doe je daar toch? ... In je eentje,' voegde ze eraan toe, 'bij die verlaten meertjes?'

Hij kuchte en liet zijn adem door zijn neusgaten ontsnappen. De aderen in zijn voorhoofd klopten van de warmte. Ondertussen dacht hij aan al die onbeschrijflijk stille middagen dat hij daar alleen was geweest, hoe gelukkig hij dan was. Hij kon haar niet uitleggen hoe alles daar stilstond terwijl het toch bewoog. Dat er geen tijd was. Geen verleden of toekomst. Dat de dingen er gebeurden volgens hun eigen wetten. Het enige wat hij daar hoefde te doen, was in- en uitademen, zitten en kijken. Niemand die wat van hem wilde.

'Ik ga gewoon vissen, zoals altijd. Dat doe ik daar. Vissen. Alleen.'

'Binnen een paar uur is het niet meer uit te houden op het duin.' Ze klopte op de achterkant van haar inhaler, bracht hem nog eens naar haar lippen maar liet hem toen zakken.

Hij dacht aan wat ze altijd zei over het leven als beproeving. Misschien was dit haar beproeving wel. Dat ze altijd maar thuis was en geen plek had waar ze rust vond, zoals hij.

Ze stond daar maar en bestudeerde zijn gezicht nauwkeurig.

'Lekker een middagje vissen,' zei hij, 'morgen weer werken. En wie weet wat ik vang? Misschien bak ik vanavond wel snoekbaars voor je.'

Dit leek haar te bevallen, want hij zag dat ze nu naar hem lachte. 'Nou, je bent een gek ventje, als je maar voorzichtig bent.'

'Heus.'

Tussen zijn tanden floot hij de hond, die was gaan liggen in de schaduw van het schuurtje. Na een paar keer fluiten sjokte hij in zijn stramme pas op Jonathan af. Even aaide hij het dier over zijn kop en lijnde hem toen aan.

Vlak voor hij vertrok, kwam opeens het gezicht van het kind in zijn gedachten. Die blik, die merkwaardige ogen. Ze had wat treurigs. Toch vond hij haar ook onbeschrijflijk mooi. Snel verdrong hij die gedachte, net zo vlug als ze opgekomen was.

Behoedzaam begon hij te lopen over de zandweg, die hier en daar nog met graspollen was begroeid, zijn gezicht naar de grond gericht. Na een paar meter aarzelde hij, bleef staan en keek over zijn schouder. In de verte speelde het meisje met een bal. Meteen draaide hij zich om en liep door.

Met de oude, licht hinkende hond in zijn kielzog liep hij langs het dorp richting het westen. Ook nu zag hij niemand. Tegen de tijd dat ze de duinen bereikten was de hond achterop geraakt. Jonathan vertraagde zijn pas en wachtte tot het beest hem had ingehaald en voor hem uit liep, met zijn kop naar beneden, zijn licht trillende snuit richting de grond. De zon klom snel en verspreidde een meedogenloze hitte. Terwijl hij dichter bij de duinmeertjes kwam, keek hij steeds vaker omhoog en tuurde naar de lucht. Soms voelde hij zich voor een moment verloren, oplossen in die leegte. Maar hij gaf het gevoel geen kans.

Hij nam het noordelijke, kortste pad naar de meertjes. Het lag vol schelpen, die knerpten onder zijn voeten. De zon brandend op zijn kruin. Bij het afgravingsmeer duwde hij zich een weg door het riet, sneed met zijn zakmes wat stengels af en maakte zo een zitplek voor zichzelf en de hond. Met een korte fluit tussen zijn voortanden riep hij hem, waarop het beest even aarzelend bleef staan. Toen stak hij met samengeknepen ogen zijn bevende snuit uit naar het water en kwam aanlopen. Hij ging aan de waterkant liggen, vouwde zijn voorpoten over elkaar en dommelde in. Jonathan krauwde hem langdurig over zijn kop en wreef met de punt van zijn zakdoek wat troep uit zijn oog. Door de ouderdom was er een troebel vlies over zijn ogen gekomen. 'Zo, vriend.' Hij meerde de feeder uit met de grootste dobber en een hondenbrokje. Om de paar minuten wiste hij zich het zweet van zijn voorhoofd.

Toen hij na een paar uur nog steeds niks had gevangen, brak hij een tak van een duinstruik en prikte ermee in de modder en het slijk. Zo viste hij een handvol diepslakjes op, die hij in een pot met water deed. Traag dreven ze daar rond en raakten met hun staartjes af en toe het glas.

Hij installeerde zich weer bij zijn uitgeworpen hengel en zat een tijd stil te wachten. De zon stond niet meer recht aan de hemel en was aan zijn tocht naar het westen begonnen, maar het was nog even warm als toen hij loodrecht aan de hemel stond.

De bomen aan de overkant leken in de luchttrillingen licht te bewegen. Hij schonk wat water in zijn handpalm, maakte hem tot een kommetje en liet de hond eruit drinken. Daarna nam hij zelf een teug uit de fles. De brokjes had hij vervangen door de zoete maïs, maar toen hij na nog een uur nog steeds niet beet had, verwisselde hij het weer voor brokjes en later door kaas. Af en toe zag hij dezelfde schaduwen over de bodem glijden als gister maar een lange tijd gebeurde er helemaal niets. Toch staarde hij onafgebroken naar het water en zijn dobber. In zijn hoofd schoten af en toe beelden langs van het buurmeisje. Haar afgebroken tand, de haarlok die over haar voorhoofd viel, de schelp van haar oor.

En dan richtte hij zijn blik snel weer op de rimpelingen in het water.

Het werd nog warmer. Hij prikte een slakje aan de lijn. Gooide zijn hengel terug in het water en wachtte. Zijn rug jeukte van de warmte. Hij trok zijn shirt uit en liet de zon op zijn huid branden tot hij het niet meer uithield, zijn spullen bijeenraapte en vluchtte naar de schaduw van een den, waar ook Milk onder was gaan liggen slapen. Na een tijdje ging hij opnieuw aan het water zitten.

Bij ieder zuchtje wind ritselde het riet achter hem. Een paar keer keek hij achterom maar er was niets te zien. Eén keer landde er een kauwtje op een tak van de meidoorn, die een tijdje langs hem heen keek, zijn vleugels spreidde en wegvloog.

Hij meerde de feeder uit met een bolletje aas en wachtte. Af en toe had hij beet. Met snelle bewegingen trok hij de lijn recht omhoog en genoot van het opspatten van het in het licht fonkelende water. Een paar keer haalde hij kleine, spartelende vissen op, brasems, een kolblei. Steeds bekeek hij ze kort maar aandachtig in het zonlicht, bestudeerde de bolling van de lijn die van hun kieuwen naar hun staart liep, zag hun smalle ogen.

Tegen een uur of drie kwam een van de grote schaduwen uit de diepte omhoog drijven. Meteen zat Jonathan rechtop en kroop naar voren, de hengel op dezelfde afstand in het water houdend. Hij zag een fors silhouet met een brede kop. Traag bewoog het beest zich rondom het aas maar beet niet. Het wachtte af.

Jonathan boog zich voorover en keek door de schaduw

van zijn eigen gezicht het water in. De vis draaide een langzame, voorzichtige cirkel om het aas. Een tijdje bleef hij roerloos hangen naast de dobber, rustig zijn staart bewegend. In de stralen van de zon lichtte zijn mooie, rond gewelfde rug rood op. Wat was het? Toch een karper?

'Kom maar tevoorschijn, jongen,' zei hij zachtjes, 'ik doe je niks.'

Nog steeds verroerde de vis zich nauwelijks, alleen zijn staart gleed zachtjes heen en weer, verder hing hij stil in het water.

'Kom, toe maar.'

Hij maakte zich zorgen om het beest. Het leek zo futloos. Ik kan je beter maken, dacht hij, hier ga je dood. Hij boog zich dieper voorover, schoof op zijn knieën zo dicht naar de kant tot hij niet meer verder kon, en stak zijn handen in het water. Zo liet hij zijn gespreide vingers waaieren. Daarna ging hij op zijn buik liggen en schoof, over het water hellend, nog verder in de richting van de vis, zo ver dat hij hem bijna raakte. Al die tijd bleef het beest stil in het water hangen en bewoog alleen zachtjes zijn staart. Toen zonk hij plots weg in de diepte van het water, bleef even weg maar dook toen nog dichter bij de waterrand weer op.

Snel stond Jonathan op. Hij kroop naar de schaduwplek waar hij zijn visgerei had neergelegd en pakte zijn schepnet. Nogmaals ging hij op zijn buik aan de rand van het meertje liggen. En wachtte. Voorzichtig bracht hij het schepnet stukje bij beetje dichter naar het beest, dat steeds een eindje van hem wegzwom, om daarna terug te keren. Eindelijk voelde hij dat het juiste moment daar was. Hij strekte zijn rug, wist het schepnet in een vloeiende beweging onder het grote vissenlijf te schuiven en trok hem er in een lange, vloeiende haal uit.

Hij kon het haast niet geloven. Hij had hem te pakken. De vis schokte en kronkelde even maar lag toen groot en stil in het net, glanzend in de middagzon, zijn kop en rug van rossig goud. Een zeelt. Hij herkende hem onmiddellijk. De bolronde vinnen, oranjerode ogen, de kleine, diepliggende schubben en hoge staartwortel. Een zeelt kon slecht tegen hitte, wist hij, misschien dat hij daarom was verzwakt.

'Heb je nog wel kunnen jagen, jongen?' vroeg hij hem, terwijl hij het water uit het net liet lopen. 'Heb je honger?' Hij zag dat er een gemene beet op zijn buik zat. Een vogelbeet, dacht hij, waarschijnlijk van een aalscholver of grote meeuw.

'Je hebt toch geen pijn hè? Er heeft er een je flink te grazen gehad.' Bij mij hoef je nooit meer honger te lijden, dacht hij.

Opgewonden blaffend sprong de hond om zijn benen heen. 'Even stil, Milk.' Met zijn hand door zijn vacht krauwend bracht hij hem tot rust.

Zachtjes begon hij weer tegen de vis te praten, hem ondertussen bewonderend. Het was een mannetje. Hij zag het aan de grote buikvinnen en verdikte tweede straal. En helemaal schoon. Geen paaipukkels, en de huid, die bij een zeelt vaak zo slijmerig was, was mooi glad. Hij hield de zware vis in zijn armen. Tot zijn verbazing voelde hij de buisjes in zijn neus vollopen met traanvocht. Hij slikte het snel weg.

Hij wilde zo gauw mogelijk naar huis, griste zijn spullen bij elkaar en ging op weg. Op een drafje de duinen door, langs de steegjes en smalle straatjes die achter de haven liepen, de vis in de emmer. Hij probeerde rechtop te lopen, zijn borst vooruit, trots op zijn vangst, maar voelde hoe zijn schouders zich kromden en de spieren van zijn rug en hals zich spanden alsof hij elk moment een klap kon verwachten.

Ondertussen kneep hij zijn ogen haast dicht tegen het licht. Het was nu zo heet dat het was alsof er een fijn, wit stof op het dorp was neergedaald

Zijn hart bonsde in zijn hals. Een zeelt. Of: een muidhond. Zo noemden ze het beest vroeger, hij wist niet waarom, maar had het ergens gelezen. Hij zou het straks opzoeken in zijn natuurencyclopedie. Muidhond. Wat een mooi woord. Hij herhaalde het een paar keer zacht voor zich uit. Met korte rukjes trok hij de moe geworden hond ondertussen met zich mee. Door zijn gedachten aan de vis, het vooruitzicht van het stille gezelschap dat hij elke dag weer zou hebben, gezelschap dat hij met niemand zou hoeven delen, begon hij steeds sneller te lopen. Ik ga zorgen dat je helemaal op krachten komt, dacht hij. Hij zou dit grote, sterke dier heel lang bij zich houden.

Op nog geen paar meter van zijn huis trof hij het meisje op de stoep. Ze speelde alleen in het zand. Gelijk zag hij dat ze hetzelfde droeg als de dag ervoor, het sportbroekje waarvan de stiksels ooit wit waren geweest, het gekreukte gebloemde shirt. Voorovergebogen zat ze te tekenen, haar skippybal achter zich. Ze trok met haar kleine vingers figuren in het stof. Af en toe dwarrelde er wat van op. Naast haar lag een schrift. Ze moest in diepe concentratie zijn, ze leek hem niet te horen.

Aarzelend bleef hij staan, zich verzettend tegen de zich

opdringende neiging zacht haar naam te zeggen, Elke, waarop ze zich zou omdraaien en hij haar de vis kon laten zien. Niet doen, dacht hij, dit is nou wat de psycholoog een impuls noemde. Iets wat je zomaar doet. Denk na.

Zijn handen klemden zich om het hengsel van de emmer. Spanning trok door zijn vingers en zette zich vast in zijn knokkels. Hij keek naar haar nek, de schaduw van haar rug. Onder haar shirt tekenden haar schouderbladen zich af. Ik kan maar beter weglopen. In gedachten draaide hij zich om, en maakte rechtsomkeert voor zij hem zou zien. Maar hij had zich nog niet kunnen bewegen of de hond blafte al. Te laat.

Het kind sprong op, stoof op de hond af en bukte zich over hem heen. Uitgelaten zette de hond zijn poten op haar dijen om door haar geaaid te worden. Toen ze zich op haar hurken liet zakken, ging het beest naast haar zitten en begon uitgebreid haar gezicht te likken. Ze giechelde. 'Hé, Milk,' hoorde hij haar zeggen, 'ga je met mij spelen? Kom je met mij mee?' De hond liet een korte blaf horen. 'Kom maar met mij spelen, hoor, want het is hier zóóó saai.' Ze haalde haar neus op. 'Mijn moeder moet altijd werken en ik mis je.'

Het viel hem nu op dat er in haar stem een lichte slis zat, alsof ze met haar tong tegen haar tanden kleine spuugbelletjes vormde. Vanuit zijn ooghoeken keek hij naar haar. Haar neusvleugels beefden. De middagzon bescheen haar wangen van opzij en zo zag hij pas goed hoe zacht haar huid was, haar hals leek nog teerder dan gisteren. Blijf daar maar staan, zei hij in gedachten tegen haar, niet te dichtbij. Voor alle zekerheid schoof hij wat met zijn voeten, deed een nauwelijks waarneembare pas van haar af.

Het meisje prevelde lieve woordjes tegen de hond, wiens hele lijf hijgde van de hitte. De zon was verdwenen achter de huizen, maar het was nog steeds moordend heet.

Hij richtte zijn blik op de schaafwond op haar elleboog. Een halfdichte wond maar niet bepaald klein. Waarom had haar moeder daar geen pleister opgedaan? Of zijzelf? Hij kon er niet te lang naar kijken, hij werd er een beetje naar van. Even voelde hij de drang om iets te doen, binnen een gaasje voor haar te halen, een verbandje, de wond schoonmaken met jodium of alcohol.

Aan de rand van zijn gedachten hoorde hij haar opeens praten. 'Wat is dat?' vroeg ze. Ze kwam dichterbij en keek in de emmer. 'Hé, ik vroeg wat, hoor.'

'Die heb ik net gevangen in de duinen.'

Ik zie dat je alleen bent, sprak hij in zijn verbeelding met haar verder. Ik kan je wond verzorgen en jij kan me helpen met de hond en... Hij maakte zijn gedachten niet af. Alles wat hij dacht werd direct weer doorgestreept door de woorden uit zijn werkboek die in hem opborrelden. Risicoverhogende situaties moesten worden vermeden, dat was een van de meest belangrijke punten. En dan had je de copingmechanismen, manieren om met stress om te gaan. Afleiding zoeken, hobby's, je problemen van je af schrijven. Daar moest hij hoog op blijven scoren. Hij beet zachtjes op de binnenkant van zijn wang.

'Wat een mooie vis, is dat een karper?' vroeg ze. Ze was naast hem komen staan en boog zich over de emmer. Een hele lichte zweetgeur kwam hem tegemoet.

'Nee, geen karper.' Het verbaasde hem dat ze wist hoe

een karper eruitzag.

Alsof ze zijn gedachten had gelezen vervolgde ze: 'Ik zei toch dat ik alles weet van dieren en beesten.' Weer hield ze haar hoofd licht schuin en lachte voorzichtig naar hem. Hij zag haar gehavende tand.

'Het is een zeelt,' zei hij, 'een heel bijzonder dier. Hij hoort wel bij de familie van de karpers, hij wordt ook wel een groene karper genoemd, maar hij is van een ander soort. Hij is ook helemaal niet groen, zie je?' Hij was bijna weer begonnen aan een volgende zin maar bedacht zich. Hij had te veel gezegd. Net als gisteren. Op de een of andere manier ging hij bij haar meer praten dan hij wilde, trok zij woorden uit hem en bleef hij staan terwijl hij dat niet wilde. Hij kneep zijn lippen samen. De hitte werd maar erger. De lucht was tot aan de horizon gevuld met laaghangende, dikwitte wolken. Af en toe kwam er een windvlaag, die de geur van de haven meenam. Een vage lucht van stookolie en zout.

'Wat is hij groot,' zei ze. Ze stond nu opgewonden van haar ene op haar andere voet te wippen. Hij keek naar haar skippybal. 'Hij is zo groot, het lijkt wel een snoek. Ik ging met onze oude buurman vroeger ook vissen, toen hadden we een keer een, hoe heet het, een graskarper gevangen.'

'Echt waar?'

Hij slikte, hij wilde weg uit dit gesprek. Haar woorden regen zich aaneen tot een net dat over hem heen werd gegooid en elk moment bij zijn hals strak aangetrokken kon worden.

'Is dat jouw lievelingsdier,' vroeg ze, 'die vis? Dat van mij is een paard.' Weer die ogen, die blik, recht in die van hem. 'Of een hond,' ging ze verder en ze fronste, alsof ze diep nadacht over wat ze moest kiezen. 'Vroeger had ik ook een tijdje een hond, maar heel kort maar, toen ging hij dood. Dat was heel zielig.'

'Ik vind alle dieren mooi,' zei hij. 'Maar ik ga deze snel in een bak met koud water doen, hoor, anders krijgt hij het te warm.'

'Ja, dat is zielig. Als het te warm wordt, wordt hij misschien wel ziek. En als het superwarm is, worden mensen ook ziek, hè? Als ze oud zijn, gaan ze dan soms dood. Dat zag ik op het nieuws.' Ze bleef in een adem doorpraten.

'Ja, dat kan gevaarlijk zijn. Ik ga nu snel naar binnen.' Hij keek weg maar toen hij opnieuw keek, zag hij dat ze haar benen weer zo lief naar binnen draaide, net als gisteren. Zijn blik gleed nog eens vluchtig langs haar tand. Ze lachte, maar hij zag wat in haar ogen waar hij ongemakkelijk van werd. Misschien had hij haar teleurgesteld door nu al weg te gaan, misschien voelde ze zich eenzaam. Hij wilde er niet aan denken.

Thuis wilde hij meteen naar boven, om de vis snel in het water te laten glijden, om alleen te zijn. Het werd hem allemaal even te veel. Te veel indrukken, te veel onverwachte gebeurtenissen. Hij zag voor zich hoe hij straks languit op zijn rug naast het aquarium op de grond zou liggen, zijn shirt uit, het raam open, de wiekende ventilator. Hij verlangde ernaar niets te horen dan de waterpomp en de duivenpootjes, de lucht te voelen op zijn bezwete lijf.

Maar zijn moeder moest zijn aanwezigheid al hebben gehoord of gezien want bij zijn binnenkomst kwam ze meteen vanuit de woonkamer het halletje in. Hij vroeg zich af of ze al wijn had gedronken. Door het raam had hij het kaartspel op de bank zien liggen. Ze had natuurlijk de hele middag zitten patiencen, tegen zichzelf de scores mompelend, ze uittellend op haar vingers, de televisie kakelend op de achtergrond.

Ze kwam dichterbij. Tot zijn opluchting zag hij het lichtje in haar ogen dat hij zo goed kende. Dat verraadde een goede stemming. Ze zou het hem niet te moeilijk maken. 'Zo,' zei ze, 'heeft mijn jochie het fijn gehad vandaag?'

Hij had nog geen antwoord kunnen formuleren of haar blik haakte zich vast aan de emmer die hij in zijn hand had. Ze kwam nog wat dichterbij, boog zich voorover. 'God, hemel, Maria, wat heb jij nu weer bij je?' Ze fronste haar voorhoofd.

Zijn vingers kromden zich, knelden zich steviger om het hengsel van de emmer. 'Het is een zeelt.' Wat moet ik doen, dacht hij. Op de kerkklok had hij gezien dat het al vier uur was geweest. Het zou hem een paar uur kosten om de vis goed te installeren, hij wilde rusten, Milk moest uit, hij moest nog stofzuigen. Een kracht in hem, of misschien wel buiten hem, zat hem op de hielen, wierp zijn schaduw over hem heen en gaf hem het gevoel dat er iets onheilspellends zou gebeuren als hij een minuut ongevuld liet. Het duwde hem van achter in de knieholtes, even was het alsof hij in zichzelf struikelde, trok zijn adem strak, hij moest door. Maar er borrelde ook een woordenstroom in hem omhoog die zich niet liet tegenhouden.

'Het is een zeelt,' begon hij opnieuw en hij legde uit dat die familie was van de karper, maar geen echte karper was. 'Het is een heel bijzonder dier, vroeger werd hij ook wel muidhond genoemd.'

'Muidhond,' hoorde hij zijn moeder het woord zacht voor zich uit herhalen, 'hemeltjelief, wat een prachtige naam… ' Ze boog zich nog verder naar hem toe om de lengte van het dier goed in te kunnen schatten. 'Wat een groot beest ook!'

Hij praatte nog even verder over de geschiedenis van de zeelt, wat hij zich er uit zijn hoofd van kon herinneren, maar algauw merkte hij dat haar gedachten afgedwaald waren. Hij staakte zijn verhaal, snoof en dacht aan wat de psycholoog had gezegd, dat hij niet goed aanvoelde wanneer anderen zijn interesses niet zo deelden, dat hij beter op 'signalen' van anderen moest letten, op lichaamstaal, stiltes. Een spiertje in zijn oog begon te trillen.

'Nou, fijn, jochie, maar laat je niet weer zo meeslepen, door zo'n beest, hè, jongen?'

Opeens stak het achter zijn ogen. Hij slikte, hij wilde niets meer zeggen en alleen maar naar boven. Er schoot hem een oefening van de psycholoog te binnen, van de socialevaardighedentraining. Die had hij nog niet gevolgd maar wel al wat modules gelezen in zijn werkboek. 'Je hoeft niet overal op te reageren,' stond er. 'Richt je op jezelf,' sprak hij zichzelf toe.

Toen zijn moeder vroeg wat de vis op zijn buik had, kon hij dat niet negeren. Hij legde haar uit dat hij waarschijnlijk gebeten was, misschien door een aalscholver of een andere vogel, dat hij rust nodig had en dat hij er wel bovenop zou komen. Daarna begon hij over het avondeten. Straks, om zes uur, zou hij eieren bakken, met kaas en spek, zei hij, brood roosteren, soep opwarmen. Dat leek haar tevreden te stemmen. Ze lachte en plaagde hem, noemde hem haar boswachter, amateurdokter, haar vissenfluisteraar.

Hij lachte afwezig, ondertussen waaiden er ongewild weer beelden van het meisje door zijn hoofd. Warm bloed suisde in zijn oren; tevergeefs probeerde hij het geroffel van zijn hart te negeren. Hij moest alleen zijn, boven, dacht hij, dan kon hij zijn oefeningen doen. Zo leerde hij ermee om te gaan, met zijn gedrag, dat hij af kon leren. Ik ben niet slecht, dacht hij, het zijn de daden die ik leer beheersen. Dus zei hij haastig dat hij naar zijn kamer ging, en ze antwoordde dat ze wel even televisie ging kijken. Maar hij had halverwege de trap al spijt dat hij zo kortaf was geweest. Vanavond ben ik aardiger, dacht hij, gezelliger. Ik ga zo lekker koken, de tijd nemen, het goedmaken.

Door de vloer heen hoorde hij zijn moeders voetstappen, haar van de televisie naar de bank lopen en terug. Ze praatte onverstaanbaar tegen de hond. Jonathan knarste met zijn kiezen, vulde de bak met een laagje water en zodra hij de pomp had aangesloten, verspreidde het zachte borrelen zich tot in alle uithoeken van de kamer. De geluiden van beneden verdunden zich, vloeiden uit en luwden tot een zacht gonzend gesuis in de verte, al gingen ze niet echt weg. Toch ademde hij opgelucht uit, en haast was het alsof het geluid, het zachte pruttelen, uit zijn eigen lichaam stroomde.

Vlug schudde hij die gedachten van zich af en ging aan de slag, opgewonden dat hij het aquarium weer kon vullen. Routinematig, zoals hij zo vaak had gedaan, haalde hij de weegklok uit het washok, tilde het beest erop, keek vol spanning naar de trillende naald en stelde vast dat de vis tweeënhalve pond woog. Te weinig voor een volwassen mannetjeszeelt van deze lengte. 'Maar ik krijg jou er wel bovenop,' fluisterde hij; met zijn goede zorg kon hij hem gezond krijgen.

Achter in zijn werkschrift stelde hij een schema op: elke ochtend om 6.00 uur, vlak voor zijn werk, en 14.45 uur, net na zijn werk, zou hij de watertemperatuur meten en koelen; 18 graden was zijn richtlijn, alles boven de 23 graden moest vermeden worden. Voeren zou hij hem in de ochtend- en avonduren, hij schreef het bij het dagschema: 6.00 uur en 21.30 uur: watervlooien, zoete maïs, muggenlarven, slakjes, hondenbrokken geven. Met wat kaas erbij hoopte hij zijn gewicht op te krikken.

Hij liet het aquarium verder vollopen en de vis erin zakken. Zo in het water leek hij zwaarder dan hij in werkelijkheid was. Hij zonk een heel stuk, en kwam toen langzaam bovendrijven, zijn kop haast tegen het glas aan. Jonathan hurkte neer voor de bak en ving zijn blik. Hij leek treurig, vond hij, maar ook trots. Met opeengeperste lippen tuurde hij een poos naar het dier en na verloop van tijd voelde hij de behoefte tegen hem te praten, zichzelf te verklaren. Alsof hij door hem ook schuldig bevonden was. Weer dacht hij na over zijn schuldgevoel. Bij een normaal ontwikkeld geweten hoort het ervaren van schuldgevoelens, had de psycholoog gezegd. Het is anders gegaan dan ik wilde, dacht hij, en daar lijd ik onder. Maar dit is mijn tweede kans, dat had de advocaat immers gezegd en hij herhaalde diens woorden in zijn hoofd. Als ik alles nog beter doe dan ik ooit heb gedaan, vulde hij aan, maak ik alles misschien goed. Deze gedachte leidde tot een kort gevoel van tevredenheid.

Hij richtte zich weer op de vis, wiens kop door het glimmende glas steeds groter leek te worden. En treuriger. Jonathans tevredenheid sijpelde langzaam weg en maakte plaats voor een spanning in zijn hoofd, alsof er een strak vlies in was gespannen dat elk moment kon breken. 'Ik weet dat de bak klein is,' zei hij. 'En dat je gevangen bent. Maar je bent hier veilig.' Hij beluisterde zijn eigen woorden en hoopte dat het genoeg was.

Een poos hing de vis doodstil voor in de bak. Toen liet hij zich op de zachte stroom belletjes uit de luchtpomp een stukje wegdrijven. Hij had zich kort van Jonathan afgekeerd maar draaide zich nu al terug. Wat later zwom hij langzaam heel dicht langs het glas. In het schijnsel van de aquariumverlichting glansde zijn hele lichaam. Jonathan slikte. Misschien was dit toch zoals het moest zijn. Wij samen, dacht hij en bleef een ogenblik doodstil zitten als om het moment in de tijd te laten stollen. Plots rook hij de geur van het zweet dat traag langs zijn gezicht sijpelde en bedacht dat hij was vergeten de ventilator aan te zetten. Hij liep erheen en drukte hem aan. Eigenlijk had hij nog op de grond willen liggen, de lucht over zijn lichaam voelen blazen, maar er was weinig tijd meer. Hij moest alle benodigdheden om de vis te verzorgen nog grondig boenen, en dan beneden stofzuigen.

Eerst scheurde hij uit zijn schrift met therapieaantekeningen een leeg vel, streek het glad op de grond, pakte zijn liniaal en trok een lange horizontale en verticale streep. Op de onderste as verdeelde hij de lijn in eenentwintig hokjes. Drie maal zeven dagen, binnen die tijd wilde hij het dier op krachten hebben. Hij noteerde het gewicht dat de zeelt nu had een klein stukje boven de onderkant van de verticale as. Vandaar zou de lijn gaan stijgen. Maar hoeveel? Hij wist niet precies wat het eindgewicht zou worden, dus besloot hij deze lijn nog even kort te laten.

Toen hij klaar was, ging hij in kleermakerszit voor de bak zitten, afwisselend naar de vis kijkend en naar het blad met de grafiek, dat naast hem op de grond lag. Hij betrapte zich erop dat hij in gedachten het meisje tegenover zich zag zitten, haar mond een beetje open, haar blik op het vel gericht, en dan weer op hem of op de vis. Hij had de net getekende grafiek graag aan haar willen laten zien, haar laten zien hoe goed hij bezig was, voor het dier zorgde maar tegelijk ook zijn oefeningen deed. Kon zij zijn schuld wegnemen? Hij moest denken aan de oefening over empathie die hij met de psycholoog had gedaan. Het ging erom dat je meevoelde met een ander, dat je het gevoel van een ander aanvoelde. Dat waren de woorden die de psycholoog had gebruikt. Dat was belangrijk.

Hij pakte het werkboek erbij. Las het stukje dat hij er zelf over had geschreven. Voor anderen voelen, meevoelen, helpen, hij herhaalde het in zijn hoofd. Hij zou vanavond een pleister zoeken voor het meisje om zijn zorgzaamheid te tonen.

Terwijl hij peinzend voor de bak naar het beest zat te kijken, viel het hem opeens op dat de kijkrichtingen van de ogen van de vis een beetje uit elkaar leken te staan. Hij kroop dichter op het glas en bekeek de haast lichtgevende oranjerode oogjes. Het leek wel alsof de vis daardoor meer zag dan normaal. Vol ontzag keek hij naar de kracht waarmee het beest ondanks zijn verzwakking met zijn ferme staart sloeg. Kleine druppeltjes spatten op. Plotseling leek alsof het dier niet alleen meer wist, maar ook meer kon dan normale dieren.

'Jij weet veel, hè?' fluisterde hij tegen de vis en hij voelde hoe zijn bloed begon te kloppen in zijn slapen. Hij kon het niet verklaren, maar hij had het vreemde gevoel dat het allemaal niet zomaar was. Zijn moeder zou het vast zien als een teken van God, maar hij niet. Volgens hem was het wat anders, iets wat te groot of te ingewikkeld was voor hem om te snappen. 'Je bent gekomen om mij te helpen,' vervolgde hij. Hij voelde het bloed van zijn hals naar zijn wangen trekken. Even was hij stil, oplettend of de vis reageerde, maar die bleef langs hem heen kijken, met die grote kijkrichting. 'Ga jij mij helpen?' vroeg hij nog een keer. Hij voelde zich nogal stompzinnig maar toch had zijn vraag voor hem waarde, kracht.

Hij pakte zijn dierenboek erbij en las dat vroeger de zeelt ook wel doktersvis werd genoemd. Men dacht dat de huid en het slijm van de vis antibiotica bevatten, dichtte de vis geneeskundige krachten toe. Hij las over een boerenvrouw die door de zeelt een bezeerde hand liet genezen, een zeelt die de verzwakte karpers in een vijver krachtig maakte, alleen door zijn aanwezigheid. 'Help je me?' vroeg hij nogmaals. 'Beloof je dat?' Het voelde goed. Maar even later werd hij toch weer onrustig en bekeek opnieuw het schema, dat hij samen met de psycholoog had opgesteld. De risicosignalenkaart, met drie fases. Hij keek bij fase 1, de fase waarin het goed ging. Daar zat hij nu in, dat kon niet anders. Bij 'gedachten' stond wat hij had opgeschreven op een van de avonden in zijn cel: 'Me niet bekommeren om onnodige zaken.' Gevoel: 'ontspannen, rustig'. Gedrag: 'ik ga mijn eigen gang binnen alle fatsoensnormen en regels'. En daarna kwam: 'Wat kan ik doen?' Hier las hij: 'Bezig zijn met mijzelf en mij met eigen zaken bezighouden. Afspraken nakomen.' Hij wilde dit aanvullen en schreef erbij: 'Mijn vis verzorgen. Kopje koffie en een kaartje leggen met mijn moeder.' En ook: 'Ik houd mijn leefomgeving op orde.'

Om twee minuten over zes kookte hij. Hij bakte eieren met spek, warmde soep op. Om drie over half zeven at hij met zijn moeder. Net na acht uur slenterde hij door de verlaten wijk met de hond. Hij voelde zich rustig en liep langzaam. Het was nog steeds warm, een droge, stenige hitte hing boven de vlakte. Zondagavond. Vanavond, herinnerde hij zich opeens, om tien voor half negen, dus over vijf minuten, zag hij op zijn horloge, kwam zijn moeders favoriete quiz op televisie. De quiz waar zij al jaren samen naar keken. Dat viel onder vrijetijdsbesteding en het leek hem een goede, veilige invulling. En ook een manier om zijn gedachten af te leiden. Ze te laten verjagen, zo zag hij het voor zich, te laten opvliegen als een zwerm opgejaagde vogels, uiteengedreven door de opgewonden stemmen uit de televisie. Gelukkig moest hij morgen ook werken, dacht hij. De bezigheden in de fabriek waren de allerbeste manier om zijn ideeën, alles wat er nog in zijn hoofd kon ontstaan, bij voorbaat in goede banen te leiden.

Zodra hij binnenkwam, hoorde hij de begintune van de show, die ze zo lang niet meer samen hadden kunnen bekijken. Zijn moeder zat op de bank met een bakje zoutjes. Hij ging bij haar zitten, wilde het gezellig maken.

'Net op tijd,' zei ze en lachte naar hem. Haar benen lagen

op het krukje voor haar; haar handen lagen samengevouwen onder haar boezem. Hij ging naast haar zitten op de bank.

De eerste ronde begon. Iets over sport, een vraag over een minister. Bij de derde vraag vroeg hij: 'Zullen we meedoen?' En ze zei: 'O ja, dat hebben we zo lang niet gedaan.'

Hij had weer limonade met ijs gemaakt en de klontjes tikten zachtjes tegen elkaar aan toen hij hun glazen inschonk. Op het bijzettafeltje had ze voor zichzelf een glas zoete wijn neergezet.

Hij ging weer zitten, zijn handen op het kussen dat hij tegen zich aan had getrokken, zijn vingers stevig in elkaar gehaakt. Zijn moeder schoof iets meer zijn kant op, kwam dichter bij hem zitten. Nu leuk meedoen, dacht hij, het is vierentwintig na acht, het duurt tot negen uur, zesendertig minuten dan het laatste restje afwas, haar slaapkamer luchten en naar boven.

'Wat gaan we winnen?' vroeg hij. Dit was hun spelletje, haast zolang hij zich kon herinneren. Ze fantaseerden wat ze zouden winnen als ze daar zelf hadden gestaan, raadden wat er in de prijsdozen op televisie zat. En ze vertelden elkaar wat ze het liefst wilden, waar ze de nieuwe spullen zouden neerzetten.

'Een magnetron?' vroeg hij en zijn moeder zei: 'Ja, dat is leuk voor in het nieuwe huis, straks.'

'Ja.'

Een stel op televisie had een reis naar Parijs gewonnen.

'Een koelkast', zei hij, en dacht aan de koelkast die ze nu hadden waar vaak een plasje water voor lag.

'Hoe ziet-ie eruit?'

'Groot en wit, met een grote groentela waarin je alles heel lang vers houdt.'

'Ja,' lachte zijn moeder. Ze dronk van de wijn, slurpte af en toe, dan hoorde hij de vloeistof samen met de lucht die ze inademde tussen haar tanden door trekken. Vroeger had hij er alleen maar aan kunnen denken dat het geluid moest ophouden, bedacht hij, maar nu niet; hij kon het allemaal aan. Even richtte hij zijn aandacht op de spieren in zijn schouders die ontspannen moesten blijven, en hij rechtte zijn rug.

Zijn moeder leunde naar hem toe, en was nu nog dichterbij. Haar ogen grijsblauw met hele kleine adertjes die door het wit liepen, zich alle kanten op vertakten. Hij zag spikkels in een donkerder kleur blauw in haar iris, en de ondiepe rimpels in haar huid. Terwijl zijn moeder naar het beeldscherm keek, volgde hij in gedachten het spoor dat zij trokken. Dit vond ze fijn, dacht hij, samen met hem spelen, tv kijken, ze was niet graag alleen. En hij bleef rustig. Probeer niet te denken aan de vis, sprak hij zichzelf toe, aan het werk, laat maar komen, alleen maar hier zitten en meepraten is goed, zolang je maar rustig blijft. Ik trek me niets aan van de harde, soms onverwachte geluiden, van het zonlicht dat zich nog steeds door de ruiten dringt. Ik maak me nergens druk om, ik zit hier gewoon.

'En verder?' Ze bedoelde de koelkast, realiseerde hij zich.

'Veel vakken.'

Hij bedacht wat voor brom de koelkast zou maken die ze zouden winnen. Een zacht en laag zoemen. Dat was fijn om aan te denken.

'Wacht even,' zei hij na een poos en stond op. Een zucht

verliet zijn lippen. Bij nader inzien wilde hij het toch anders doen, echt zoals het hoorde. In de gang, bij de telefoon, en daarna in de keuken zocht hij naar een opschrijfblok, maar hij kon niks vinden. Vervolgens liep hij naar zijn kamer, pakte zijn schrift van onder zijn kussen vandaan, scheurde er voorzichtig vanaf de naad een blad uit, trok het laatje van zijn tafeltje open, pakte de pen en het liniaal, en duwde het laatje weer dicht. Beneden knielde hij neer voor de tafel, en begon lijnen op het papier te trekken, twee kolommen: één voor haar antwoorden en één voor die van hem.

'Jongen, doe toch niet zo serieus.' Ze begon te lachen. 'Dat hoeft toch niet zo serieus, ventje.'

Hij legde het vel papier weg, ging zitten, sloot een moment zijn ogen en opende ze weer. Ik blijf rustig ademhalen en blijf denken, dacht hij, ik mag het mij niet aantrekken, laten komen wat er komt, haar niet tegenspreken. Ik zit hier goed, op deze bank, terwijl de tijd maar langzaam gaat, maar voorbij gaat het wel.

'Hoeft toch niet zo, ventje,' zei ze nog een paar keer, 'het is maar een spelletje.'

Hij verzette zich tegen de neiging om op te staan. Zijn handen lagen in elkaar gevouwen op zijn buik. Af en toe zoog hij het puntje van zijn tong tussen zijn voortanden en beet er zachtjes op, of liet zijn mondholte langzaam vollopen met speeksel dat hij in stilte wegslikte.

Nu hoorde hij gejoel en gejuich op televisie. Iemand riep het woord 'rollade', met een lange, harde rollende r, en plotseling irriteerde het geluid hem. Het was erg hard. Zoals zo vaak dacht hij aan hoeveel lawaai er was op de wereld. Het drong zich maar aan hem op. Opeens wilde hij de televisie zachter zetten. Maar in gedachten hoorde hij haar stem al: 'Hè, toe nou, jochie, zo hoor ik het amper.'

Ze lachte zachtjes om een grap van de presentator, het reclameblok begon, hij zette koffie, bracht nog wat zoutjes mee de kamer in. Na een paar minuten begon het weer. Nog scheller, leek het, nog harder. Hij richtte zich op zijn ademhaling. Langzaam in, langzaam uit, tien keer, met zijn voeten op de grond.

'Een heteluchtoven,' riep zijn moeder. 'Oven,' schreef hij onder haar naam, maar hij zag uit zijn ooghoeken dat ze zich naar hem overboog en meelas. Hij voelde haar adem tegen zijn gezicht. Plotseling stond hij op. 'Ik moet even wat eten,' zei hij, pakte een leeg schaaltje en liep naar het aanrecht. In de keuken bedacht hij dat het eigenlijk maar een vreemd spel was dat ze deden. Hij had het jarenlang gespeeld, maar het leek hem plotseling zo anders dan vroeger. In het verleden hadden ze urenlang zo gezeten en spullen verzonnen die ze wilden hebben, die nooit kwamen en nooit zouden komen, en altijd was hij rustig gebleven, ook als hij liever alleen boven zat. Dit hoorde ook bij zijn leven, zo had hij toen geredeneerd. Maar nu leek het niet meer goed te passen. Misschien kwam het doordat zijn gedachten afdwaalden, hij steeds aan dat kind moest denken sinds hij haar van zo dichtbij had gezien. Of door zijn tijd in de gevangenis, en al die woorden die de psycholoog had gebruikt, de woorden die betrekking hadden op hem, waardoor hij zich zo anders voelde dan voor hij was vertrokken. Of kwam het door het werkboek? De opdrachten vroegen zoveel van zijn concentratie dat er weinig meer over was voor wat anders.

Hij schepte nog wat restjes omelet met brood op zijn bord en ging terug naar de woonkamer. Hij riep de hond bij zich en ging met het beest aan zijn voeten nu op zijn stoel zitten. Even snoof hij, en spande nogmaals de spieren in zijn rug. Hij dacht na. Misschien hoefde het niet erg te zijn dat er in het spel iets veranderd was. Hij was ook gewoon moe en daarom lukte het hem niet goed de gedachten vast te houden.

'Jij bent,' zei zijn moeder en hij knikte afwezig. 'Wacht,' zei hij, en toen, om er vanaf te zijn: 'Waterbed.' Hij nam een paar happen, kauwde zorgvuldig, en nam daarna een slok van de limonade. Met zijn tong duwde hij een grote klont ijs tussen zijn kiezen, liet die daar rusten, wachtte tot het ijs voor een deel gesmolten was, met zijn mond halfopen, de kou langs zijn ruggengraat, en vervolgens spleet hij het in één harde beet doormidden. Het is gewoon een spel, dacht hij, geniet ervan. Toch bleef hij piekeren over de rusteloosheid, over de afstand die hij voelde tussen hem en de dingen om hem heen, tot zijn moeder. Dat het toch zo anders was dan hij zich had voorgesteld. Om half tien vertrok hij naar boven, sloot de deur en werkte verder in zijn werkboek.

De volgende morgen, maandag, begon Jonathan met zijn werk. Een geluk, door zijn vaste werkdagen dacht hij makkelijker in zijn oude ritme te kunnen komen.

En inderdaad kwam zijn oude leven weer even op gang, alsof er nooit iets gebeurd was. Om vijf uur stond hij op en werkte rustig het schema voor de dag af. Lopen met Milk, naar zijn werk tot half drie, de hond een tweede keer uitlaten, zijn moeder helpen, koken, nog eens lopen met de hond, opdrachten maken, de vis verzorgen.

'S Avonds zat hij bij zijn moeder en was elke avond weer gelijk aan de vorige. Na het eten zat zij op de bank en keek televisie. Hij zat op zijn stoel en dacht na. De tijd verstreek, dan ging hij koffie zetten, vroeg of ze ook wilde en ze zei: 'Ja, lekker, jochie, fijn.' Hij keek naar haar, naar hoe ze dronk, naar het licht van het televisiescherm dat over haar gezicht gleed, naar de gedachten die in zijn hoofd voorbijtrokken. Later kaartten ze vaak aan de keukentafel, met het raam wijd open. Ze speelden elleboog aan elleboog. Hij doorstond het. Iedere avond opnieuw.

Soms zag hij haar naar hem kijken en haar blik snel afwenden. Vaak hield ze het hangertje aan haar ketting tussen duim- en wijsvinger en wreef er voorzichtig over. Dan vroeg hij zich af wat ze dacht. Als ze maar wel zag hoe hard hij werkte, hoe hij zijn best deed. Hij haalde de verhuisdozen, adreswijzigingen. Dat stemde haar tevreden. Dat kon niet anders.

Maar hij dacht ook aan die dag met Betsy. Soms wilde hij plotseling naar zijn moeder toe lopen en een hand op haar voorhoofd leggen en die dan over haar oogleden schuiven, alsof hij zo de plek in haar hersenen kon bereiken waar de beelden en gedachten aan die dag waren opgeslagen. Alsof hij die vlek kon wegvegen, als condens van een raam. Ze moest toch weten dat er iets was gebeurd met dat kind? Maar van hem mocht ze alleen zien wat er nu was, ze moest hem zien zoals hij aan het worden was. Beter.

Hij lette op bij alles wat hij deed, hij keek naar haar. Hij zag dat de hitte zijn tol eiste op haar lichaam. Ze hoestte meer, ademde zwaarder. En elke dag nam hij zich voor de volgende dag nog beter zijn best te doen. Om het huis nog beter schoon te houden, het meest hardnekkige stof te verjagen, het zand uit alle kieren en naden te blazen, te vegen, te soppen.

Hij had geluk dat hij terug kon komen op zijn werk. Het was dat zijn pa vijftien jaar als eerste voorman in de fabriek had gewerkt en zijn opa het bedrijf destijds had gestart. Anders had hij vast niet weer kunnen komen werken, dacht hij.

Hij nam zijn vaste plek aan de sorteerband in, zoals hij altijd had gedaan. In de verste uithoek, onder het blauwige tl-licht. Niemand gunde hem een blik waardig, als altijd, maar hij voelde de mannen naar hem kijken wanneer hij niet keek. De blikken gloeiden in zijn nek. Hij sloot ze buiten door zijn schouders er als een dam tegen op te trekken, zijn hoofd weggedoken in de kraag van zijn vettige, stinkende oliepak.

Net wanneer buiten de zon verscheen, kwam de machine al op gang en begon het strippen. Een beweging waarmee hij was vergroeid, die als vanzelf uit zijn schouders, zijn handen, zijn vingers leek te stromen. Hij trok zijn stanleymesje uit de balk, deed zijn handschoenen aan en duwde doppen in zijn oren tegen het eindeloze gedreun van de machines. Dan plantte hij zijn laarzen stevig wijdbeens op de grond, om niet weg te glijden in de om zijn voeten spoelende, steeds groeiende poel van schoonmaakwater en glibberige resten slachtafval. Slierten vissendarmen, staartjes, schubben.

In de pauzes bemoeide hij zich met niemand, zoals altijd. Volgens de psycholoog was het een 'overlevingsmechanisme' voor hem dat hij zich afzonderde. Zo had hij dat genoemd: een overlevingsmechanisme. Die had iedereen, van die mechanismen, daar was niks ergs aan, dat was normaal. Zelfs goed. En bij hem werd het sneller dan bij andere mensen druk in zijn hoofd. Dat was gewoon een kwestie van rekening houden met zijn kwetsbare punten, zoals de man dat noemde.

Met een kop koffie zat hij tijdens de pauzes achter in de schafthoek, las het *Natuurblad*, en nam geen deel aan de gesprekken. Hij zou ook niet hebben geweten wat hij had moeten zeggen. De andere werkers waren hem vreemd: ze roken naar shag en drank, hadden luide stemmen en praatten over vrouwen, cafés, klaagden over de baas. Ze konden niet wachten tot ze naar huis mochten. Maar hij hield van zijn werk, de stroom van handelingen die altijd maar doorging: de vis van de band grijpen, het mesje met de punt van achter de kieuwen in een ruk naar zich toe trekken, omdraaien, dezelfde beweging aan de rugnerf, en hup, door. Vaak voelde het of de tijd versnelde en tegelijkertijd wegsijpelde in de inkervingen die hij met zijn mes in de huiden maakte. De andere mannen leken dan niet te bestaan. En zo zou het elke dag weer zijn. Dag in, dag uit.

Om precies half drie was zijn shift voorbij. In het hok achter de schaftkamer wrong hij zijn klamme, stramme lijf uit het oliepak, spoot het pak en zijn werklaarzen met een hogedrukstraal af, en slenterde in zijn overall en laarzen in de hitte naar huis. Daar douchte hij kort, liep met de hond, hielp zijn moeder en stond om zes uur alweer achter het fornuis. Bakte de vis die hij die dag mee had kunnen nemen. Poon, wijting, kabeljauw, tongetjes. De vetspetters op het fornuis, de opspattende olie, het meel waar hij de vis mee inwreef, poederzacht aan zijn handen.

En elke dag werkte hij in het werkboek, wel twee keer per dag, hoe uitgeput hij ook was. Hij moest en zou beter worden. Een beter mens. Een nieuw mens.

Het kind zag hij al een paar dagen alleen vanuit zijn ooghoeken. Soms, wanneer hij thuiskwam, zat ze op een skippybal in de lege vlakte. Andere keren zag hij haar lopen, de bal achter zich aan trekkend als een koppig dier. Een paar keer zag hij haar op rolschaatsen aan de rand van het dorp; op de smalle straten trok ze lange lijnen door haar verveling. Steeds zorgde hij ervoor dat hun blikken elkaar niet kruisten, schoot hij snel een steeg in. Hij richtte zich op zichzelf en zijn eigen therapie.

Vandaag, donderdag, had hij gewerkt aan wat de psycholoog de vijf belangrijke G's had genoemd. Dat waren vijf belangrijke factoren die bepaalden welke beslissing je nam, wat er gebeurde in je leven. Alle vijf de woorden begonnen met een G. In het werkboek stonden ze onder elkaar: gedachten, gevoelens, gebeurtenissen, gedrag en gevolg. Met zijn liniaal had hij vijf evenwijdige lijnen getrokken en voor ieder rijtje een kolom gemaakt, een geruststellende bezigheid. Het had allemaal met elkaar te maken, had hij geleerd. Uit je gedachten kwamen je gevoelens voort en die leidden weer tot gedrag en tot gevolgen. En dan had je nog de gebeurtenissen, de dingen die je overkwamen. Daar had je geen controle over. Maar je kon wel kiezen hoe je ermee omging.

Nu moest hij zelf een voorbeeld geven van een gedragsketen. Hij dacht na, vond het moeilijk, kauwde een tijdlang de achterkant van zijn potlood zacht. Eindelijk schreef hij op: 'Gedachten: piekeren over mijn moeder, gevoel: spanning, gedrag: fouten maken op mijn werk.' Het draaide erom dat je moest leren hoe je jezelf gerust kon stellen. Hoe je anders kon denken. Dan werd de keten doorbroken.

Hij werkte het voorbeeld verder uit. Vervolgens werkte hij door tot hij bij elk rijtje alle G's had ingevuld. Hij sloot af met een lange ontspanningsoefening. Met de wattenbolletjes in zijn oren lag hij languit op zijn rug op de vloer. Zijn moeder keek televisie, niemand zou hem storen. Hij richtte zijn volle aandacht op de binnenkant van zijn schedel. Daar was rust. De afgelopen tijd had hij geoefend met zichzelf tot rust brengen.

Het leek wel of hij zijn bloed zacht hoorde ruisen, alles

in hem plots zo stil. Zo durfde hij wel verder af te dalen zijn lijf in, zoals hem dat was geleerd tijdens de visualisatieoefeningen. Met zijn ogen dicht zakte hij in zijn verbeelding af, langs zijn keel, hals, schouders en verder naar beneden. Elke plek hield hij drie seconden vast, ademde uit, en vervolgde zijn reis. Hij zag zijn maag, lever, al zijn organen, en stelde ze zich zo voor als hij ze kende van de vissen in de fabriek. De lever paarsglanzend, met een zacht vlies omspannen, zijn darmen grauwrood, korrelig. In gedachten keek hij naar zijn pik, die zacht leek, vriendelijk. Aarzelend liet hij zijn hand afzakken, bracht hem ernaartoe en voelde. Zijn ballen waren ook zacht. Alle energie leek er nu uit weg te zijn gevloeid.

De afgelopen dagen was het zoveel beter gegaan dan met de opdrachten die hij in de gevangenis had moeten doen. Alsof hij zichzelf naar een hoger niveau had getild, dacht hij trots. Helemaal zonder hulp van wie dan ook. Die psycholoog had hem voorgehouden dat het vaak jaren duurde voordat de behandeling echt aansloeg. Voordat mannen hun gedachten leerden ombuigen, zoals hij dat noemde. En dan moesten ze het nog in de praktijk zien te brengen. Soms lukte dat niet eens en was de enige oplossing om medicijnen te gebruiken. Libidoremmers. Maar niet voor hem, dacht hij, terwijl hij zijn hand voorzichtig om zijn pik klemde en er met zijn vingertoppen overheen wreef. Hij werd half stijf, zijn erectie begon te groeien, maar zelfs nu bleef zijn hoofd op orde.

De oefeningen sloegen bij hem zo goed aan, als dit zo doorging, dacht hij, was hij misschien over een paar weken klaar. Hij geloofde niet dat hij zich ooit zo sterk had gevoeld. Misschien moest hij zichzelf weer eens testen. Gewoon bij het meisje in de buurt gaan zitten, hij zag haar steeds op het speelplaatsje.

Steunend op zijn ellebogen kwam hij half overeind. Hij moest gewoon maar afwachten wat er zou komen wanneer hij haar weer zag, dacht hij, en hij liet zich terug op de grond zakken. Zijn adem verliet in een lange zucht zijn mond. Als een gewicht had hij dat psychologisch rapport steeds op zijn borst voelen drukken. De kans op herhaling, de recidivekans, was groot op korte tot middellange termijn, stond er. Maar op dat moment leek dat allemaal niet meer te kloppen. En om het te bewijzen, ging hij nog een oefening doen.

Hij nam opnieuw plaats achter het tafeltje, sloeg de bladzijde om naar een lege pagina en ging daar verder. Zijn hand was pijnlijk van het schrijven, hij merkte dat er een spiertje trilde. Maar hij liet zich er niet door afleiden. 'Vastloopregels', stond er. 'Bedenk een activiteit uit je dagelijks leven waarvan je achteraf vaststelde dat je een te hoge eis aan jezelf stelde.' Hij dacht na tot van beneden zijn moeders roep klonk. 'Jo! Oehoe!' En toen hij niet meteen reageerde: 'Jo, kom je koffie maken?'

'Vijf minuutjes, mam.' Hij wilde hiermee doorgaan. Het ging om situaties waarin je jezelf 'overvroeg'. Misschien die week vorig jaar waarin hij veel had overgewerkt. Hij deed de oordopjes weer in en dacht na. Begon te schrijven. Keek naar de vis voor hulp, schreef door.

Toen hij klaar was, zette hij twee koppen koffie en ging bij zijn moeder in de woonkamer zitten. 'Dank je, jochie,' zei ze, 'fijn.'

De volgende dag liep Jonathan om precies drie uur alleen, slenterend, een paar rondjes door het zand en het gruis, langs de plek waar de flatgebouwen hadden gestaan. Hij had hard gewerkt en was vermoeid, zijn schouders pijnlijk. De ovenwarme lucht deed hem zweten. Net boven de grond trilde het.

Toen Betsy er nog was, liep hij vaak met haar en Milk naar de duinen. Maar alleen naar de eerste strook, verder mocht ze niet van haar ouders. Daar was een groot open veld waar al voor de schemering konijnen rondhuppelden. Hij dacht aan de korte gilletjes die ze altijd liet horen, steeds wanneer ze er één in het vizier kreeg. Dan sloeg ze haar handen elke keer vol verbijstering voor haar mond, steeds weer, zodat hij alleen aan de kuiltjes in haar wangen en de rimpeling om haar neus kon zien hoe breed ze lachte. Die jaloersmakende vrijheid van haar. Elke avond wist hij wat er zou komen, ze gedroeg zich altijd hetzelfde, en toch wilde hij het elke keer opnieuw zien.

Maar zoiets zou hij nooit meer doen, dacht hij, een kind meenemen het dorp uit. Dat was dom geweest, ongelooflijk dom. Met het buurkind mocht hij alleen praten tot aan het bankje van de oude speelplaats met de schommel, waar hij haar gisteren nog had zien zitten. Dat was de verste grens. En niet langer dan een minuut of vijf.

Opeens moest hij denken aan een van de allereerste sessies met de psycholoog. De eerste weken in zijn cel had hij onafgebroken gepiekerd over hoe het had kunnen gebeuren. Hoe de meest vreselijke fantasieën die langzaam zijn hoofd in waren geslopen waarheid waren geworden. Hij zag zichzelf weer tegenover de psycholoog aan tafel zitten, zijn dikke dossier tussen hen in, voelde de angst, de schaamte.

'Delictanalyse', daar waren ze mee bezig, terug naar dat precieze moment, vlak voordat het gebeurde. Straks in de tbs-kliniek moest dat ook, vertelde de psycholoog. Hij kon dus maar beter voorbereid zijn. Daar zou hij zelfs een delictpresentatie moeten geven aan alle patiënten en het personeel. Om verantwoording te nemen voor wat hij had gedaan, zo heette dat, verantwoording nemen. Dat moest iedereen. Zodra hij dacht aan die kliniek, verlamde de angst zijn ledematen. Hij dacht aan rumoer, herrie, aan onverwachte vechtpartijen.

Maar nu probeerde hij het, de eerste aanzet tot een presentatie, aan een tafel, op een namiddag met de psycholoog. Hij trachtte de vragen die de man stelde te beantwoorden, maar vaak bleef het stil in zijn hoofd, kon hij zichzelf niet verklaren.

Eigenlijk had hij zelf de vragen willen stellen. Hij wilde weten hoe het kon dat hij zo anders was geworden dan hoe hij altijd had gedacht dat hij was. Vaak kwamen dan de woorden van zijn moeder weer naar boven die beweerde dat iedereen volmaakt op aarde kwam, geschapen door God. Hoe kon het dan dat hij, steeds wanneer hij dacht aan wat er was gebeurd, zich niet langer één geheel voelde? Bij hem was het alsof jaar in, jaar uit zijn hoofd te vol was geraakt. Te veel woorden, stemmen, vragen, situaties. Het paste niet. Soms werd het zo vol dat het leek alsof zijn hoofd zachtjes begon te scheuren, te breken, alsof hij uiteenviel.

Hij was aan die tafel vaak stil geweest, had lang en ongemakkelijk naar zijn handen gestaard, zich schamend dat hij zo weinig te zeggen had. Nooit eerder voelde hij zich zo verloren. De dagen en nachten vloeiden in elkaar over en hij zat daar maar alleen, op zijn cel. Wachtte.

'Ik begrijp dat het lastig is hierover te praten,' had de psycholoog gezegd. 'Laten we eens proberen het op te schrijven, samen, te kijken wat er precies is gebeurd.' Hij had hem het werkboek gegeven, het schrift, stencils met opdrachten. 'Spanningsopbouw in aanloop tot het delict,' stond er bij de opdracht voor die eerste keer. Hij moest zichzelf beter leren aanvoelen, eerder 'aan de bel leren trekken', 'zijn lichaam leren lezen'. Samen zouden ze een signaleringsplan opstellen. Bij de tekst over spanning stond een tekening van een vat met vloeistof dat steeds voller raakte. In het laatste plaatje borrelde het en stroomde het over.

'Probeer je spanningen eens zeven dagen elke dag bij te houden,' stelde de psycholoog voor. 'Wanneer wordt de spanning erger, wanneer neemt die af?'

Hij had geknikt, de papieren opgevouwen, moeizaam glimlachend, ongemakkelijk met zichzelf. Hij zou zijn best doen, dat zeker. Hij deed altijd zijn best.

De man knikte ook, keek hem over de rand van zijn bril aan en maakte aantekeningen, die hij vervolgens opborg in de map. Stilte.

Na verloop van tijd werden alle pagina's die over hem gingen met een breed elastiek bij elkaar gebonden. Hij had er ongelovig naar gekeken. 'Kan het echt,' had hij nog willen vragen, 'word ik weer heel?' En: 'Hoe moet dat straks in die kliniek?' Wat moest hij daar doen om te overleven? Maar hij zei niks, wreef langzaam met de duim van zijn rechterhand over het kootje van de linker en wachtte. De man zette zijn bril af en klapte de poten dicht. 'Volgende week verder.'

Die avond was hij in zijn cel begonnen met een grafiek. Een spanningsgrafiek. Hij pakte een liniaal, pennen en potloden, papier, en tekende een raster. Links de dagen, rechts cijfers tussen 1 en 10. En iedere dag studeerde hij in het werkboek. Hij merkte dat de woorden en de tabellen hem gezelschap hielden, ook al wist hij soms niet helemaal waar hij mee bezig was.

De week erop had hij in elk geval een keurig uitgewerkte tekening bij zich, hij had zelfs de spanningspunten met elkaar verbonden in een vloeiende, dalende lijn. En de psycholoog leek tevreden. Hij glimlachte. 'Prachtig, Jonathan. Dat gaat goed, hè?'

Ja, zo kwam hij ergens, had hij gedacht en gegloeid van trots. Misschien was het gewoon een kwestie van overgave. Vertrouwen in de wetenschap, zijn lot in handen leggen van de psychologie. Dan werd het allemaal beter.

Op het pleintje, midden op het sloopterrein, was niemand. Hij ging op een bankje zitten. Hij had de grove kam voor Milk meegenomen en was bezig de hond te kammen toen het kind als uit het niets naast hem stond. Hoewel hij haar had verwacht, voelde hij weer die klap in zijn nek, het verstijven en aantrekken van zijn spieren. Hij zag haar lippen bewegen voordat hij echt hoorde wat ze zei.

'Hé, mag ik dat doen?'

Hij vermande zich. Hij had dat eigenaardige kind met haar vlassige paardenstaartje vier dagen niet van dichtbij gezien. Al die keren dat hij haar buiten had willen zoeken, had hij zijn gedachten weten om te buigen. Zich vermand, zich aan zijn werkboek gezet, en zichzelf onderwezen over hoe hij straks, wanneer hij haar zag, alles zelf zou blijven bepalen. En nu stak hij zijn hand al uit om haar de kam te geven. Dat was niet de afspraak, Jonathan, zei hij bij zichzelf en hij trok zijn hand terug. Ik hoef niet alles te doen wat zij vraagt. Je eigen grenzen trekken, had de psycholoog hem uitgelegd, dat was belangrijk. Dan zou het allemaal lang niet zo snel overkoken. Zo had hij dat letterlijk gezegd: overkoken, als was zijn hoofd een pan melk. Ik bepaal mijn eigen grenzen, herhaalde hij, met zijn mond geluidloos de woorden vormend. 'Nee.' Hij boog zich voorover en begon de kam door de vacht te trekken. Zijdelings keek hij naar haar.

'Dan niet.' Ze blies de losse lok van haar voorhoofd, die meteen op dezelfde plek terugviel. Ze had even haar schouders opgehaald, ging toen naast hem op het bankje zitten, maakte aanstalten op te schuiven, alsof ze dichterbij wilde komen. Maar ze bedacht zich en liet zich op de grond zakken.

Nu keek hij neer op haar nek. Op haar rechteroorlelletje zat een klein moedervlekje als het stipje van een potlood. Ze had weer het gebloemde shirtje aan waar hij haar een paar dagen geleden in had gezien, bij de schouder zat nu een vlek. Om haar billen spande het korte badstoffen sportbroekje, het moest trekken bij haar kruis, dacht hij, maar hij wendde zijn blik er al van af. Ze had een boek bij zich en begon te lezen. Uit zijn ooghoeken zag hij dat ze geluidloos prevelend las, steeds haar wijsvinger naar haar mond bracht, het topje bevochtigde en dan de bladzijden omsloeg.

Dat ze niks zei, betekende dat hij aan zijn gedachten was overgeleverd. En op dat moment voelde hij die spanning weer, een aanzet tot woede. Wat was hij nou aan het doen? Waarom kon dat kind niet gewoon even die hond kammen? Was dat niet juist onderdeel van normaal met kinderen omgaan? Het dier had zich inmiddels loom, vol overgave, uitgestrekt naast het meisje en zijn kop op haar bovenbenen gelegd, de oogleden half gesloten. Zachtjes praatte ze tegen het beest, maar hij kon haar gefluister niet verstaan. Haar woorden verdwenen in zijn vacht.

'Hier, ga jij maar door,' zei hij en gaf haar de kam.

'Oké.' Ze keek nauwelijks op, ging iets van hem vandaan zitten, op haar knieën, boog zich over de hond heen en begon de tanden van de kam traag door zijn haren te trekken. Hij hoorde haar ademen.

Ondertussen lukte het hem de titel van haar boek te lezen: *Wat weet jij van dieren.*

Ze zag hem kijken. Trots keek ze op. 'Van papa gehad.' Ze haalde haar neus op en keek van onder haar pony weer kort naar hem. 'Ik heb die vis van jou opgezocht. Zeelt,' giechelde ze, 'maar volgens mij staat hij er niet in.'

'Je ziet hem hier weinig.'

'Moet hij soms beschermd worden?'

'Misschien. Dat weet ik niet.'

'Ik ga namelijk een club beginnen om dieren te beschermen.'

'Een club?' Hij glimlachte ongemakkelijk naar haar.

'Ja, een club. Maar ik moet er wel mee opschieten,' zei ze, 'want we gaan hier bijna weg. Gelukkig.' Ze keek voor zich uit en snoof. 'Er is hier niks te doen, helemaal geen kinderen. Het is hier zóóó saai. Shitzooi.'

Hij keek op haar neer, zo dichtbij. Hij merkte dat hij er slecht tegen kon als ze zo praatte, zoals laatst ook al over haar moeder. Die grofheid paste niet bij haar. Weer draaide ze zich om en terwijl ze hem aankeek, plooide ze de huid van haar voorhoofd tot een frons. Het leek of haar gezicht elke keer dat hij haar zag zachter en mooier werd. In het flauwe grijze licht zag het er nog jonger, onschuldiger uit. Hij kauwde op de binnenkant van zijn wang.

Niet zo kijken, dacht hij, niet zo naar mij kijken. En tegen zichzelf: Denk niet zo. Niet blijven hangen in je gedachten. 'Gedachten komen en gaan als golven in een rivier,' stond in het werkboek, het ging allemaal voorbij.

'Ik mag niet zeggen waar we heen gaan,' ging ze verder, 'of wanneer. Niemand weet waar we wonen, alleen ik en mama natuurlijk. En Milk en jouw moeder. Jij mag ook niks zeggen, hoor!'

Ik spreek nooit iemand, wilde hij zeggen. Niemand kent mij. Maar hij wreef met de duim van zijn rechterhand over het kootje van de linker en hoopte dat het hem kalm zou maken. Ze keek weer naar hem. Hij zag een blik die hij niet kon thuisbrengen. Vaak was het beter maar niks te zeggen, dacht hij. Woorden losten niks op.

'Papa mag het al helemaal niet weten.'

'Wat?'

'Nou, waar we wonen. Dat mag niet van mama. Dan ga je natuurlijk vragen waar papa is. Maar dat ga ik ook niet zeggen.' Ze schudde met haar hoofd en haar lok viel langs de zijkant van haar gezicht.

Ze zweeg. Af en toe fluisterde ze wat tegen de hond en dan voelde hij dat ze naar hem keek. Hij dacht aan wat ze net gezegd had en voelde aan alles dat hij er niet meer van wilde weten. Ik heb genoeg aan mezelf.

Plotseling wilde hij weg, stond al half op, maar ging toch weer zitten. Hij wist dat als hij nu zou gaan, hij spijt zou krijgen en terug zou willen. Toch maakte hij nogmaals aanstalten op te staan. Met zijn rechterhand pakte hij de hond voorzichtig bij zijn nekvel. 'Kom, Milk, het wordt laat.'

Ze begon te protesteren: 'Hé, ik ben nog lang niet klaar met kammen!'

'Het is goed zo.'

'Je bent gemeen. Dan krijgt hij het heet, dat is zielig.'

Zielig. Hij dacht aan het woord dat vaak in het werkboek terugkwam. Empathie. Hij was zeker niet gevoelloos, als er iemand zorgzaam was voor anderen, dan was hij het. Maar toch leek het hem niet juist zo te denken. Want hoe kon je weten wat een ander dacht of voelde? De hond zag er tevreden uit, vond hij. 'Dat valt wel mee, hoor.'

De frons in haar voorhoofd verdiepte zich, haar neus had ze opgetrokken; hij zag haar neusvleugels zachtjes trillen. Gaf ze echt zoveel om dat beest? Ze had haar armen om de nek van de hond gelegd en trok hem zo goed en kwaad als het ging op haar schoot. De hond liet het allemaal toe. Bij haar was hij heel gewillig. Hij liet zijn blik naar het dier gaan, dat zwaar ademend met zijn kop en voorpoten op de grond lag. 'Nou, nog heel even dan.'

Ze draaide zich terug en hij strekte zijn rug, keek naar de huizen aan de overkant. Lege ramen, dacht hij. Blinde ogen.

Haar nekwervels, de welvingen van haar oren, alles, het kwam veel te dichtbij, maar hij bleef toch zitten. Ik moet oefenen, dacht hij. Misschien was dat het beste. Kijk maar, dacht hij, zonder te weten tot wie hij zich richtte, kijk maar naar hoe ik hier zit. Hij dacht weer aan die rivier en liet het stromen. Keek naar haar en liet de tijd voorbijglijden.

'Maar hij heeft wel spijt,' hoorde hij het kind op een gegeven moment zeggen. Haar stem klonk anders nu en hij vroeg: 'Wat?'

'Dat heeft hij zelf gezegd.'

'Wie?'

'Papa. Dat hij weg is gegaan. Soms belt hij me. Hij is verdrietig.'

Ze had zich nu helemaal over de hond gebogen, haar wang drukte tegen zijn vacht. Het gaf haar iets vreselijk liefs. Hij probeerde zijn aandacht op iets anders te richten en dwong zichzelf te kijken naar alles wat niet klopte, wat niet mooi was aan haar. De zon verlichtte de smoezelige stof van haar shirt; daaronder kon hij de ribbels van haar ruggengraat tellen. Hij dacht aan de lichte zweetgeur die hij net om haar heen had geroken.

De hond gromde diep en tevreden, rolde zich op zijn zij. Met lange, voorzichtige halen trok ze haar vingers door zijn haar. Afgebeten nagels, dacht hij. Plukjes vacht kwamen los en zwierven verloren over de tegels alsof ze op zoek waren naar een schuilplaats.

'Mijn moeder zegt dat het zeikerds zijn,' zei ze. 'Allemaal zeikerds. Die vrouw van Jeugdzorg is de ergste. Ik vind dat ook.'

Hij hoorde haar stem aan de rand van zijn gedachten, maar sloot zich ervoor af. Misschien was er toch niet zoveel om bang voor te zijn. Wat kon hier buiten eigenlijk gebeuren? En het kind was slim en sterk, dat zag hij wel. Haar ogen stonden goed en wanneer ze zich naar hem toedraaide, keken ze steeds recht in die van hem. Maar haar glimlach was zwakjes, niet opgewekt. Dat moest anders. Hij wilde dat ze zich veilig zou voelen. Terwijl hij daarover piekerde, hoorde hij dat ze inmiddels over wat anders was begonnen.

'Mag ik een keertje komen kijken bij de vis?'

'Misschien.'

'Morgen?'

'Een andere keer.'

'Is die vis nog ziek? Zorg je goed voor hem?'

Al die vragen! Hij zei dat hij natuurlijk goed voor hem zorgde en vond het tegelijk slap van zichzelf dat hij blijkbaar de neiging had zich te verdedigen.'Ja, hij weegt al 1700 gram en eerst woog hij maar 1500,' zei hij nu ferm.

'Hij was toch gebeten?'

'Hij wordt elke dag sterker.'

Ze leek opgelucht. Hij voelde dat er een heel zacht briesje was opgestoken; het trok over de huid van zijn armen en de haartjes gingen rechtop staan. Hij wreef ze glad.

'Ik vind het heel erg,' zei ze, 'als een dier pijn heeft. Het is goed dat jij geen dierenbedrieger bent. Ik hou niet van dierenbedriegers.' Haar handen bewogen langzaam over haar hals en ze begon aan de stof van haar shirt te plukken.

'Ik kende iemand en die sloeg een hond die ik ook kende. Ik zou nooit mijn hond slaan, ik vind het zo gemeen als mensen dat doen. Ook als ze kinderen slaan of gemeen zijn. En als ze dan later geen sorry zeggen. Als je sorry zegt, is het anders.'

Ze zweeg even, richtte haar blik op de tegels en keek weer voor zich uit, haar ogen samengeknepen tegen de zonnestralen. 'Ik vind het ook zielig als een paard in een stal moet leven en alles moet doen wat mensen willen. En als dieren doodgaan, en dat ze dan, hoe heet het, niet begraven worden maar weggegooid of in de vuilnisbak komen, dat vind ik zielig.'

Ik moet weg, dacht hij.

'Vroeger, toen papa nog bij ons woonde en we niet steeds verhuisden, had ik heel veel huisdieren. Weet je hoeveel?'

Hij keek over haar kruin naar de lucht. Zachte wolkenflarden dreven langzaam voorbij, net boven de daken, de zon al zakkend in het westen. De lucht gloeide in een paarsige glans. Het zag er geheimzinnig uit.

'In mijn club gaan we de dieren beschermen. Ik ga de clubregels maken. Ik ben daar heel goed in, in regels opstellen.' Ze pakte haar boek en begon erin te bladeren. Goed, zei Jonathan tegen zichzelf, je luistert nog even naar die regels en dan ga je.

'Ik heb in ons vorige huis ook regels gemaakt voor op mijn kamer. Die heb ik op mijn deur gehangen en overgeschreven op een briefje dat ik altijd bij me heb. Luister maar. '

Ze haalde een verfrommeld briefje uit het boek en begon

voor te lezen. Plechtig somde zij ze een voor een op:

Regels van mijn kamer:
- niemand mag zomaar mijn kamer in, zonder het te vragen
- ik beslis zelf hoe mijn kamer eruitziet
- als ik lig te slapen, maak me dan niet wakker
- als je boos bent, mag je op mijn kamer niet schreeuwen of iets kapotmaken
- op mijn kamer mag je niemand slaan en niemand knijpen en niet gemeen doen
- niet zomaar op mijn kamer komen als ik ergens mee bezig ben
- als je iets van mijn kamer haalt moet je het altijd terugbrengen en het niet kwijtmaken

Dit moet je allemaal niet weten, Jonathan, dacht hij. Het meisje zat stil voor hem en staarde een hele tijd naar haar eigen woorden. Ze is alleen, dacht hij, maar het is niet mijn schuld. Hij schraapte zijn keel en stond op: 'Milk en ik moeten gaan,' verbrak hij het zwijgen.

Onmiddellijk draaide ze zich om en keek naar hem op: 'Nee, blijf nou, ik kan nog meer voorlezen, hoor. Ik heb ook verhaaltjes. Ik ga later schrijfster worden en in dit schrift oefen ik.' Binnen in haar boek bleek een dun schrift met een blauw kartonnen omslag te zitten. Ze deed het open en zei: 'In dit schrift schrijf ik alles op wat ik meemaak, kijk maar.'

Hij zag dat ze rijtjes had gemaakt, net zoals hij altijd deed. 'Zilt,' had ze opgeschreven. Eronder stonden drie punten:

'familie van karper. Ze noemen hem groenkarper. Zo groot als een snoek.'

Hij knikte. 'Ik moet mijn moeder gaan helpen,' zei hij.

'Mijn moeder is zo druk met werken, die is er bijna nooit.' Ze keek sip. 'Ze is de hele dag in dat stomme café. Ze heeft ook geen tijd meer om te koken.'

'Wat eet je dan?' Waarom vraag je dat? dacht hij gelijk. Waarom sta je hier nog?

'Brood. Dat is wel lekker, hoor, dat wel. Met pindakaas, dat heb ik het liefste erop.'

Een deel van hem wilde haar nog veel meer vragen, maar de tijd drong en hij vond ook dat hij weg moest gaan, niet langer met haar moest praten. De vijf minuten waren allang voorbij.

'Kijk,' zei ze opeens. Ze stak haar ringvinger naar hem uit. Er zat een klein, goedkoop ringetje om. 'Van papa gehad. Heeft hij geschoten op de kermis.'

Het licht viel nu zo ongelooflijk mooi in het koperen vlekje in haar rechteroog dat zijn adem stokte. Ik ben vlees, dacht hij. Ik ben vlees. Maar het vlees kan ik bedwingen. Hij dacht aan wat hij gisteravond vluchtig had gelezen op het papiertje waarop zijn moeder een stuk uit het bijbeltje had overgeschreven. Ze had het open laten liggen met haar boekenlegger ertussen en het volgeschreven kladje. Het ging over hoe je vlees zich verhoudt tot de hoge doelen, dat het vlees zwak is maar de geest toch kon overwinnen.

Hij had het in zijn zak gestopt en 's avonds steeds weer gelezen, en zinnen uit zijn hoofd geleerd. Er stond onder andere dat je niet schuldig was aan zonde in het vlees, maar dat je nee moest zeggen. Nee tegen begeerten.

'Ik moet nu echt naar huis. Zeg maar dag tegen Milk.'

In het donker lag hij op zijn rug in bed. De gordijnen waren open. In de verte was de maan niet meer dan een duimnagel, een botsplintertje. Hij was moe. Zijn rug zeurde. Een hele tijd lag hij stil met zijn handen op zijn buik te ademen. Hij vond dat hij tevreden moest zijn over zichzelf. Hij was niet te lang bij haar gebleven op het pleintje en had geen gekke gedachten over haar gehad. Toch stoorde het hem dat hij nu alweer aan haar dacht. Aan wat ze had verteld, aan dat die moeder blijkbaar steeds weg was. Hij zag haar ook nooit rondom het huis. Dat was niet goed. Het kind had geen rustplaats, dacht hij, en rust had iedereen nodig, een schuilplaats. Dieren, maar mensen ook.

Zijn gedachten begonnen uit te waaieren. Hoe kon het toch dat hij zijn denken het ene moment zo goed onder controle had en het dan toch zijn eigen gang ging? Maakte hij zich te veel zorgen om andere mensen? In dat psychologisch rapport over hem stond dat hij zich slecht kon verplaatsen in anderen, maar dat leek hem totaal niet te kloppen. Hij maakte zich juist altijd zorgen. Om zijn moeder, om het kind. Net nog had hij haar wond bekeken, gezien dat hij dicht was, maar haar toch een pleister gegeven voor het geval dat de korst zou loskomen. En hij nam zijn moeder zoveel werk uit handen, hij kookte, begon morgen met het inpakken van de dozen, en door elke avond met haar te kaarten maakte hij haar gelukkig, ook al vond hij er zelf niet veel aan. Dat deed hij allemaal voor anderen. Om hem bekommerde zich alleen zijn moeder. En misschien ook wel de hond. Maar of dieren dat konden, zich zorgen maken om een ander, daar was hij niet zeker van.

Naast hem, op de grond, lag de hond zachtjes snurkend te slapen. Hij liet zijn hand uit bed hangen en streek het dier over zijn kop. Weer begonnen zijn gedachten. Hij zag het kind nu heel duidelijk staan. Haar schouders afgetekend onder haar shirt. De ribbels van haar ruggengraat die hij door de stof had zien schemeren. Ze was mager. Hij vroeg zich af of het kwaad kon als hij haar nog een beetje meer zou helpen. Zolang hij verder op afstand bleef, dacht hij van niet. Als hij haar wat te eten gaf, dan kon daar toch geen gevaar in schuilen?

Een uur later sliep hij nog steeds niet. Het was zo'n goede dag geweest en dan dit. Van beneden klonk nog steeds het brommen van de televisie. Hij wist dat zijn moeder ook slecht sliep. Wanneer hij 's nachts weleens beneden kwam voor een glas melk, zat ze vaak in haar duster voor de televisie.

Hij draaide nog een tijd van schouder naar schouder, sliep toen eindelijk in maar schrok een paar uur later zwetend wakker. Meteen zat hij rechtop in bed. Hoorde ik een knal? Nee, het is niets. Hij stond op, liep van zijn bed naar het raam, staarde even het donker in en ging daarna in het badhok water drinken. Het wekkertje gaf half drie aan. Terug in bed voelde hij zijn hartslag langzaam tot rust komen. Na een paar minuten sliep hij weer in.

Tot Jonathans verbazing stond toen hij op maandag in de namiddag thuiskwam, de deur op een kier. Hij was met de bus naar de dierenspeciaalzaak geweest en had waterplanten gekocht voor de vis. Waarom was de deur open? Hij wist zeker dat hij hem op slot had gedaan. Misschien had zijn moeder Milk in het voortuintje gelaten en de deur niet goed gesloten? Hij keek om zich heen, maar er was niemand. Langzaam liep hij het halletje binnen en trof zijn moeder aan op de bank, slapend voor de televisie, het toestel op testbeeld.

Hij zette de televisie uit en liet haar slapen. Zo kon hij even alleen zijn, in de stilte, met niemand die hem wat vroeg. Hij trok zijn laarzen uit en liep op zijn sokken stilletjes de gang door. Net toen hij naar boven wilde lopen zag hij iets groots en ronds in de schemerige hoek onder de trap. De skippybal.

Dit is niet goed, dacht hij. Helemaal niet goed. Zijn keel trok zich verstikkend samen. Met beide handen veegde hij zijn bezwete haar van zijn voorhoofd, trok daarna zijn overall met de handen kruislings in zijn zakken omhoog, bleef stilstaan en keek om zich heen. Ze zat natuurlijk boven. Het kind had gezien dat de deur openstond en was toch naar de vis komen kijken. Hij ademde diep in. En nog eens. Zijn bloed bonkte in zijn slapen. Hij dacht aan het werkboek. Sommige situaties moest je leren verdragen, wist hij. Maar hij was even vergeten om welke het ging. En hij kon het nu ook niet opzoeken, het lag boven op zijn kamer. Wat lag daar nog meer? De verfrommelde tissues in de prullenmand, zijn werkboek en schrift op het tafelblad. Pen, potlood, liniaal. Als ze maar nergens aan zat.

Hij deed zijn ogen, die hij een tijd half had dichtgeknepen, nu helemaal dicht en bleef zo even staan. Het jeukte bij zijn haargrens. Zelfvertrouwen, dacht hij. In het boek stond dat hij zelfvertrouwen moest hebben. Zich sterk voelen. Angst verjagen. Angst is een slechte raadgever, hij zei het stil voor zich uit en deed zijn ogen weer open. Daar moet je je niet door laten leiden. Kom op. Hij joeg de twijfelgedachten uit zijn hoofd, richtte zich op zijn ademhaling, lange uitademing, diepe inademing, liep naar boven, de trap op en bleef voor de deur staan.

Daar hoorde hij inderdaad, heel zachtjes, in de stilte het gemurmel van een kinderstem. Hij kon de woorden niet verstaan, maar zij was het, dat was zeker. Zat ze tegen de vis te praten? Zacht piepend duwde hij de deur open en liet zijn ogen wennen aan het schemerduister. Daar zat ze, op haar knieën voor het aquarium.

'Hoi Jonathan,' ze draaide zich lachend naar hem om en weer terug, 'moet je zien wat hij doet.' Ze perste haar neus zo mogelijk nog dichter tegen het glas. Hij zag het beslaan.

Hij stond daar even, roerloos, en hield zijn adem in, verstijfd en wezenloos. En toen dacht hij iets vreemds. Dat het eigenlijk niet uit zou maken wat hier zou gebeuren. Dat alles wat er in zijn kamer zou plaatsvinden zou wegsijpelen in het niets, net zoals de tijd tijdens zijn werk weglekte en nooit meer terugkwam. Een moment dacht hij daarover na en vroeg zich af of hij het niet anders moest zien, als iets wat niet zomaar gebeurde, als een teken, een kans. Ja, dacht hij, het is anders. Het is een test. Ik moet alert zijn, kijken hoe mijn lijf hierop reageert. Hij durfde nauwelijks te bewegen maar deed toch een stap dichterbij. Wat onbeholpen bleef hij een paar passen achter haar staan, de waterplanten in zijn hand. Er hing een bepaalde geur in de kamer, viel hem op. Een andere geur dan anders. Ze had zich weer naar de vis gekeerd.

'Hoe kom jij hier binnen?' vroeg hij.

Korte tijd reageerde ze niet. Van buiten hoorde hij het getik en gekras van vogelpootjes in de dakgoot, zacht gekoer. Duiven. Toen keek ze hem aan. 'De deur was open. En nu kijk ik naar de mooie vis. Ik was bang dat het niet goed met hem zou gaan.' Ze keek naar hem op en lachte voorzichtig. 'De wond is kleiner geworden, zie je dat?'

Hij bleef maar staan. Na een tijdje viel hem op dat de stilte in zijn kamer anders leek nu zij er was. Als een ingehouden adem. Peinzend, terwijl hij afwisselend staarde naar het stilzittende meisje en het licht dat door de lage ruit naar binnen viel, zag hij het gezicht van de gevangenispsycholoog voor zich. Dat lange, benige gezicht, de onderzoekende blik. Dat leek op dat moment allemaal heel ver weg, alsof iets in de kamer het tegenhield. Het licht, haar aanwezigheid, of het tapijt dat de geluiden dempte. Hij kon zich de situatie waarin hij met hem aan de delictanalyse had gewerkt nauwelijks meer voor de geest halen. Hij moest straks zijn aantekeningen nog eens goed doorlezen. Maar nu alles loslaten. Laat het los, zei hij zacht in zichzelf, laat los.

'Hoe heet-ie eigenlijk?' vroeg ze na een tijdje. Ze zat nog steeds zo dicht op het aquarium dat hij de waas van haar adem op het glas zag.

'Hij heeft geen naam,' zei hij.

'Wat raar.'

Hij liep naar haar toe. Nu hij werd geconfronteerd met deze 'risicovolle situatie', zoals het in het werkboek stond, kon hij maar het beste kijken hoe hij zou reageren. Voorzichtig, om niet te veel geluid te maken, pakte hij de klapstoel en ging op veilige afstand van haar zitten, haalde diep adem. Al snel voelde hij hoe de lucht zijn neusgaten binnenkwam, zijn weg vond naar zijn keel, zijn buik, en vanaf daar terugstroomde zijn mond in. Tien keer uit, tien keer in.

Minuten verstreken waarin geen van beiden iets zei. Schichtig keek hij haar richting op. Stil zat ze voor het glas, haar lippen wat uitgestulpt, haar mond een klein beetje openhangend. Hij zag nu naast haar, op de grond, het dierenboek waar hij haar eerder mee had gezien. Hij wachtte even of er iets zou gebeuren, maar er veranderde niets. Het meisje keek maar naar de vis, die groots en zwijgend achter het licht beslagen glas hing, het glas dat hem nog meer leek te vergroten. Jonathan zuchtte. Langzaam liet hij nog wat adem uit zijn mond ontsnappen.

'Is het een meisje?' vroeg ze en haar voorzichtig van achter bekijkend, het staartje dat boven haar nek bungelde, het sportbroekje, haar shirt, de nerf in haar rug, haar hals, begon hij uit te leggen dat het een mannetje was, wijzend op zijn grote buikvinnen en de sterk verdikte eerste vinstraal. Het kind richtte zich op op haar knieën en strekte haar hals om het dier beter te bekijken.

'Zijn Latijnse naam is Tinca Tinca,' zei hij en ze herhaalde het voor zich uit: 'Tinca,' en zei het nog eens: 'Tinca.'

'Het is een zachtaardig en verlegen dier.' Hij liet zijn blik over de bak glijden. 'Hij houdt van rust en stilte,' vervolgde hij, 'als er te veel geluiden en andere dieren in zijn buurt zijn, dan schuilt hij onder de modder. Hij wordt gauw bang. Dan moeten we hem met rust laten...'

'Ze ligt nu ook op de modder. Is ze nu ook bang?'

Hij negeerde het 'ze' en legde uit dat de zeelt slecht tegen de hitte kon. Dat hij zich soms ook in de modder verschool omdat het daar koeler is.

'Wat zielig, is het vandaag ook te heet?'

'Ja.'

Hij hoorde zichzelf praten. Dit ging goed. Het was alsof hij buiten zichzelf was en keek naar deze man die vertelde, of achter zichzelf stond en over zijn eigen schouder meekeek. Toch voelde hij alles wat er in zijn lichaam gebeurde. Hoe zijn hart het bloed rondpompte, de aderen die klopten in zijn hals, het branden van zijn wangen. Hij moest zo blijven zitten, zei hij tegen zichzelf, doodstil zitten, niks doen. Hij durfde ook nauwelijks te bewegen, uit angst het te verpesten. Dit was geweldig. Ze leek oprecht geïnteresseerd en bleef zo rustig. Die stille, geconcentreerde aandacht, dat had hij nooit eerder meegemaakt. Hij dacht aan de term 'beschermende factoren'. Zou zo'n rust niet ook beschermend kunnen zijn? Er leek een warme vloeistof door zijn aderen te stromen.

'Het is ook een heel bijzonder dier,' ging hij verder. 'Vroeger, lang geleden, dachten ze dat het...' Hij zocht naar de beste woorden om de krachten van het beest aan haar uit te kunnen leggen. '...Dat als je ziek bent, de vis je beter kan maken. Dan hoefde je zijn huid maar aan te raken en dan werd je vanzelf beter.'

'Echt?' Hij zag de bewondering in haar blik. 'Met wat voor ziektes dan?'

'Dat maakt niet uit, van alles.' Hij vertelde over de boerenvrouw die genas door een zeelt aan te raken, de groep karpers die opknapte. Terwijl hij praatte, bleef ze hem onafgebroken aankijken.

Toen hij uitgesproken was, viel er een stilte. Een heel ander soort stilte dan die hij gewend was. Niet ongemakkelijk, maar zacht, en het verlichtte de spanning in zijn schouders. Hij voelde zich opeens sterker dan ooit en observeerde het meisje, dat op haar knieën vlak voor de bak zat, nog eens nauwkeurig. Ze had haar ogen in diepe concentratie licht samengeknepen. Haar zachte lippen waren nog steeds een beetje open; weer zag hij haar voortanden.

Alsof hij iets tegen haar had gezegd over haar gebit, raakte ze met haar wijsvinger haar gehavende tand aan. 'Ik zou met papa naar de tandarts gaan voor deze kapotte tand. Maar hij is weg en mama heeft geen geld. We gingen misschien in de vakantie, maar we zijn nog steeds niet geweest. Zou Tinca mijn tand ook beter kunnen maken? Als ik vaak bij d'r ben?'

'Misschien wel.'

Hij liep met het zakje waterplanten langs de andere kant van de bak en toen hij aanstalten maakte het te openen, vroeg ze: 'Mag ik het doen?'

Hij aarzelde. Als ze het liet vallen, werd het een natte boel. Een vies tapijt, wier op de grond, overal water. Hij moest er niet aan denken. Twijfelend keek hij even naar haar. Op haar voorhoofd lag een frons. Ze leek serieus. Hij gaf haar het zakje, dat ze met beleid aanpakte. 'Maak het maar voorzichtig open.'

Ze stroopte het plastic af als een kous. Weer zag hij dat kleine puntje van haar tong dat tussen haar lippen uit stak. Hij verwijderde zich en ging een pas of drie achter haar staan. Toen ze zich over de bak bukte om de plantjes erin te laten glijden kroop de stof van haar broekje een beetje op tussen haar billen. Snel keek hij de andere kant op.

Nadat ze een poosje samen bij de bak hadden gezeten en toekeken hoe de vis tussen zijn nieuwe wier door zwom, begon ze opnieuw over haar moeder. Dat ze zoveel geld spaarde en dat alles beter zou worden in hun nieuwe huis, straks, in de stad, vlak bij haar school, maar waar dat was wist ze niet. Daarna vertelde ze over haar vader. 'Toen hij nog bij ons woonde, werkte hij heel hard. Soms werkte hij zo hard dat hij ziek werd.'

'O.' Hij wist niet hoe hij daarop moest reageren. Maar ze praatte alweer verder: 'En dan zorgde ik voor hem.'

'Jij?'

'Ja. Ik ben daar oud genoeg voor, hoor,' zei ze. 'Dat kan ik heus wel.' Haar stem werd weer anders, merkte hij. Hij vond dat ze er treurig uitzag. De frons in haar voorhoofd verdiepte zich.

'Wil je Tinca wat te eten geven?' vroeg hij om haar af te leiden. Omdat er wat spanning terugkwam in zijn handen, zette hij zijn vingertoppen op elkaar en boog zijn vingers tot hij in het kraken van de gewrichten wat verlichting vond. Even verloor hij zich weer in een verwarrend web van gedachten. Hij overdacht alles wat ze net had verteld met een mengeling van ongerustheid en trots. Hoopte ze dat hij haar zou helpen? En hoe zou hij dat moeten doen? Kort peinsde hij daarover, maar betekende dat niet ook dat ze hem vertrouwde?

'Wil je hem wat te eten geven?' vroeg hij nog eens, waarop ze knikte en een flauw lachje liet zien. Onbeholpen keek ze naar haar voeten, ging toen zitten, trok het elastiekje uit haar haar, kamde met haar vingers door haar pony en bond het daarna weer vast. Terwijl hij opstond om het buisje visvoer te pakken, hoorde hij haar weer praten. Haar stem had nu een andere toon: 'Jij bent zeker ook zoals al die anderen.'

Hij verstrakte en ging met zijn handen over zijn hals, klam en warm, streek met zijn vingers door zijn haar en bleef zwijgend staan. Net nu hij dacht dat hij begreep wat er in haar omging, kwam dit. Het liefst was hij weggelopen, uit de situatie gevlucht, maar hij bleef op afstand en keek over haar hoofd heen naar buiten. De lucht was niet helder. Er hingen wat heiige wolkennevels.

'Hoe bedoel je?' hoorde hij zichzelf vragen. Zijn onmacht om haar te begrijpen nam hem volledig in beslag.

'Mama zegt dat ik uit je buurt moet blijven, dat je niet deugt.'

'Mensen zeggen veel dingen die niet kloppen.'

'Maar misschien ben je net als die anderen.'

'Wie?'

'Die mensen van Jeugdzorg enzo.'

'Ik ken toch niemand van Jeugdzorg.'

'Ga je me soms aangeven?'

'Hoe bedoel je?'

'Bij Jeugdzorg.'

'Nee, natuurlijk niet.'

Nu zweeg ze en liet haar hoofd een beetje hangen. Ze pulkte aan de kapotte zool van haar slipper.

Hij liep naar het washok, ging voor de spiegel staan, keek zichzelf aan en zei: 'Stuur haar maar weg. Je kunt dit er niet bij hebben.'

Maar het beeld van het meisje dat zich net traag naar hem omdraaide en naar hem lachte, liet hem niet los. Ze had het gevraagd om hem te testen. Hij betreurde het dat hij het niet door had gehad. Juist nu kwam het eropaan te laten zien wie hij was. Dat hij meer was dan een ex-gevangene, een nummer op de rol bij de rechtbank, een percentage in de statistieken van de psycholoog.

Hij sperde zijn ogen open en dwong zichzelf zijn eigen spiegelbeeld recht aan te kijken. 'Ik ben eerlijk,' zei hij, 'ik ben goed. Ik kan voor haar zorgen.' En alsof ze naast hem stond zei hij daarna: 'Bij mij ben je veilig. Het is nu laat, je moet weg, maar morgen laat ik zien dat je me kunt vertrouwen.' Hij dacht weer aan de weldadige rust die net in de kamer had gehangen. Hij spoelde water over zijn polsen en liep naar haar terug.

'Het is half vier geweest,' zei hij en hoorde zelf dat zijn stem toch nog verstikt klonk. Hij wierp een blik op het wekkertje, waarvan de wijzers stil en onverstoorbaar opschoven. 'Het wordt laat; ik moet nog schoonmaken en dan mijn moeders eten gaan koken.'

Ze had haar staartje opnieuw losgetrokken en prutste met het elastiekje. Ze keek hem aan, lachte een beetje, maar hij zag dat haar ogen dof stonden.

'Heb jij soms ook honger?' vroeg hij opeens, alsof het hem door een ander was opgedragen. En ze knikte, een beetje beschaamd. Toen keek ze even schuin naar hem op. 'Heb je wat lekkers?'

'Wacht maar,' zei hij, 'ik haal wel wat voor je. Maar mijn moeder slaapt, dus je moet heel stil zijn, je mag geen enkel geluid maken.'

Ze knikte.

Nog tien minuten, dacht hij. Om vier uur moest hij zijn moeder op haar verzoek wakker maken. Maar hij kon het meisje toch ook niet zo naar huis sturen. Het bonkte in zijn voorhoofd. Hij nam plaats op zijn stoel, boog zich voorover en trok zijn schoenen uit. Heel stil ging hij op zijn sokken de trap af, de spieren van zijn nek gespannen.

Nog geen vijf minuten later keerde hij terug met een bord in de koekenpan opgewarmde koolvis en aardappelpuree. Het meisje zat nog op dezelfde plek als waar hij haar had achtergelaten, op haar knieën, met haar vingers aaiend onder de kin van de hond, naar de vis te kijken.

Hij zette het bord op de grond, vulde voor hem en het kind een kopje met water, en nadat hij de vis wat voer had gegeven, ging hij naast haar zitten. Terwijl hij luisterde naar hoe zij at, keek hij naar de haartjes in haar nek. Op nog geen armbreedte afstand. Maar nu kon dat wel, nu hij zo goed bezig was. Minuscule blonde haartjes die hij tegen zijn wang wilde voelen. Van de andere kant van het open raam klonk weer het zachte krassen van de vogelpootjes en wat later het klapwiekende opstijgen van duiven uit de dakgoot.

Jij helpt mij met de vis en de hond, zei hij in gedachten tegen haar. Ik help jou met eten en gezelschap. Hij voelde zijn bloed gloeien. Ze begreep hem. En hij haar. Dit kon goed gaan. Dit was anders dan de vorige keer. Dit kon hij hanteren.

Jonathan en zijn moeder zaten tegenover elkaar bij het halfopen keukenraam. De ventilator stond aan. Zijn moeder schudde de kaarten. Ondertussen dacht Jonathan aan het meisje, dat hij die middag na zijn werk weer had gezien. Zijn dagschema had hij gisteravond wat aangepast. De periode van drie tot vier uur was nu door hem tot 'vrije' tijd bestempeld. Zijn moeder wilde 's middags een uur slapen, en hij had meer rust nodig. De dagen waren vermoeiend, had hij gemerkt, zeker met de aanhoudende hitte. Vanmiddag had hij met het kind en de hond op het pleintje gezeten, daarna brood gegeten met zijn moeder, die nu met hem wilde kaarten.

Hij dacht aan hoe het was geweest vandaag. Tijdens het douchen, na zijn werk, had hij nog gepiekerd of hij wel genoeg productie draaide in de fabriek. Ondanks de airconditioning leek de hitte hem ook daar te vertragen. Maar zodra hij bij het meisje op het pleintje zat, bestonden die zorgen niet meer. Er was alleen nog nu. Zij samen, alles om hen heen buitengesloten door de stollende hitte, en hij vroeg zich af of dat goed was geweest. Misschien wel. In zijn lichaam was het stil gebleven. Hij dacht aan hoe ze vertelde over de dierenclub. Aan het licht dat opspatte van haar ogen. Hoe ze praatte. Haar lippen. Alle klinkers en medeklinkers die zo mooi rond klonken in haar mond, als kiezels. Hij spande zijn vingers en rekte ze daarna, kootje voor kootje, uit. Het kraken van zijn gewrichten.

Wat waren haar precieze woorden geweest? Wat had ze allemaal gezegd? Hij had het op moeten schrijven. Nu hij het terug probeerde te halen, was het alsof zijn gedachten uit elkaar vielen, vervloeiden, van hem weglekten. Er zat een gat in zijn gedachten, zo leek het wel. Maar het was goed gegaan vanmiddag, dat was het belangrijkste. Het was toch wel goed gegaan, vroeg hij nog eens aan zichzelf. Ja, dacht hij, het was goed gegaan. Hoe ze tegenover hem stond. Hoewel hij vage zweetafdrukken bij de hals van haar shirtje had gezien, was haar lucht, de vage, aangename zweetgeur, niet te dichtbij gekomen. Alleen zijn vingers, licht trillend, meer niet.

'Wat heerlijk dat we dit weer kunnen doen, hè?' vroeg zijn moeder en overhandigde hem een stapeltje kaarten.

Hij knikte, wilde het sterker beamen, maar werd zo in beslag genomen door zijn gedachten en door de warmte dat hij tussen zijn halfgesloten oogleden de kamer afspeurde, alsof hij zocht naar verkoeling. Zijn oogleden waren vochtig. Hij kon zich niet herinneren dat het ooit zo warm was geweest. En de tijd schoot maar niet op. Zijn blik een moment op de klok gericht, zag hij hoe de lange wijzer zich schoksgewijs voortbewoog, zes uur vijfenveertig. Hij wachtte op zes uur zesenveertig, alleen om het verschuiven van de tijd te zien, om zich ervan te overtuigen dat er iets veranderde.

Het zonlicht, dat nog steeds door het raam naar binnen viel, brandde op zijn hoofd. Hij schoof zijn stoel wat van de tafel af, weg van het raam en kantelde zijn hoofd, ook al wist hij al dat het niet zou helpen. Hij voelde zich uitgedroogd, zijn ogen brandden, zijn tong was gezwollen en taai.

Het was alsof zijn moeder het zag. 'Nemen we nog wat te drinken?' vroeg ze. 'Haal je nog een wijntje voor me? Neem je zelf een biertje? Lekker koud?'

Geen drank. De tekst in het werkboek lichtte op in zijn hoofd. Onder invloed van bedwelmende middelen kon je je remmingen kwijtraken. Als je dronk, was de kans groter dat je dingen deed die je eigenlijk niet wilde. Dingen die niet goed waren.

'Kom, ga je wat halen?' hoorde hij haar vragen en hij keek op en glimlachte. 'Sorry, ik ga al.' Zij lachte ook naar hem.

Ondanks de verschroeiende warmte en klamheid in zijn handen voelde hij toch een vreemde, kalme tevredenheid. Misschien was een drankje ook eigenlijk niet zo erg, dacht hij nu. Eentje maar. Wat kon er gebeuren? Het kind was hier helemaal niet. Daarbij had hij de afgelopen tien dagen zo hard gewerkt, hij had wel wat verdiend. Dat was misschien geen juiste gedachte, onderbrak hij zichzelf, en even twijfelde hij of dit een 'cognitieve goedprater' was, zoals het werkboek het noemde. Of haalde hij nu twee termen door elkaar? Goedpraters bestonden, dat was zeker, en dan was er nog iets met cognitief, of eigenlijk van alles met de term cognitief, al wist hij daar nu de precieze bewoording niet meer van. Zijn hoofd begon te gloeien, hij zou het zo opzoeken. Denk er maar niet meer aan, suste hij zichzelf. Wat drinken zal je hoe dan ook geen kwaad doen. Eén drankje zal je ontspannen.

In de keuken doorzocht hij de bestekla en kastjes en vond achter in een keukenkastje een opener met het opschrift van de supermarkt om de hoek. Hij schroefde de dop van de wijnfles en pakte een flesje bier uit de koelkast. Het stond daar al maanden en het bier schuimde en bruiste zwakjes, maar het was koud en de smaak zou heerlijk zijn, dit had hij zo lang niet geproefd.

Jonathan en zijn moeder klonken zonder er iets bij te zeggen. Zij glimlachte en hij glimlachte terug. Toch had hij het gevoel dat hij er iets bij moest zeggen, hij mompelde 'proost', en vond het vreemd klinken, onhandig. Om het nog eens te proberen, zei hij het opnieuw: 'Proost,' wat harder nu en ook zij zei: 'Proost. Fijn, jochie.' Ze verdeelde de kaarten.

Het bittere bier prikte mat op zijn tong. Verkoelde zijn mond. Bijna meteen steeg de alcohol naar zijn hoofd en hij merkte hoe zijn spieren zich ontspanden. Een nevel trok op en legde een beschermende waas tussen hem en zijn gedachten. Hij leunde achterover, het vlechtwerk van de stoelzitting kraakte zachtjes. Het was goed zo.

'Jo,' hoorde hij haar na een tijdje zeggen. 'Jij bent.'

De kaarten in zijn handen waren zacht, warm en glad. Half vergane afbeeldingen, boer, vrouw, zes, schoppen. Geen aas, geen joker. Nooit had hij eens een aas. In zijn cel had hij ook een spel gehad, dat zijn moeder hem had gestuurd, maar waar hij geen enkele keer mee had gespeeld. Soms schudde hij wel het stapeltje los in zijn handen om het uit te spreiden op zijn tafeltje, elke kaart op gelijke afstand van de andere, en trok er dan willekeurig één uit, alleen om te kijken welk plaatje het was, alsof hij zo kon zien wat het lot voor hem achterhield. Maar nooit had hij er een betekenis of patroon in kunnen ontdekken.

'Nou, spannend, zeg,' zei ze, 'het duurt zo lang, ik ben benieuwd...'

Even nam hij in zich op hoe zijn moeder naar hem keek. Haar plagende lach, verwachtingsvolle blik, zo zag hij haar vaak wanneer ze samen kaartten. Hij speurde de trekken van haar gezicht af, luisterde naar het tikken van de klok en het rumoer van de televisie uit de woonkamer. Ongewild begonnen er gedachten door zijn hoofd te waaien. Plotseling vroeg hij zich af of ze er iets van had gemerkt dat het meisje hier twee dagen geleden was geweest. Of dat hij die middag met haar op het pleintje had gezeten.

En als ze het wist, wat dacht ze daar dan van? Hij bekeek haar. Hoe ze over de kaarten gebogen zat, het vermoeide, kleine gezicht, het grijze haar. Het verfrommelde kraagje, de steeds bewegende vingers. Kortstondig had hij het gevoel dat hij een handvol aarde in zijn keel had, die hij maar niet kon wegslikken. Wat voor recht had hij gehad haar zo teleur te stellen? Als het anders was gelopen met het gerechtelijk bewijs, was ze heel lang alleen geweest. Dit mocht nooit meer gebeuren. Maar het zou ook nooit meer gebeuren, moest hij dat tegen haar zeggen, haar uitleggen dat dit anders was?

Een scheepstoeter in de verte leidde hem af en hij richtte zijn aandacht weer op de kaarten en koos er een aantal van uit. Hij trok zijn gezicht in een opgewekte uitdrukking en legde ze neer.

'Ah, dat is een makkie,' zei ze lachend, zoals ze altijd sprak wanneer ze dacht dat ze hem wel kon inmaken.

'Wacht jij maar,' antwoordde hij en lachte ook. Hij probeerde de vreemde mengeling van onrust en gemak die hij altijd tijdens hun spelletjes voelde, niet toe te laten. Vertrouwd en ook pijnlijk.

Ze zwegen. Een tijdlang was het stil. Ze dacht na, liet het kettinkje vlug tussen haar vingers door glijden. Hij hoorde haar drinken, slikken, ademen. Zachtjes beet hij op de binnenkant van zijn wang. Ik ben een goede zoon, zei hij in zichzelf. Ik maak schoon, ik kook als de beste, ik speel kaart met mijn moeder. Maar tegelijkertijd zag hij voor zich hoe zij hier al die maanden alleen aan tafel had gezeten onder dat peertje, dat in het winterse donker een bleek, hard licht afgaf. Met haar zakdoek depte ze haar gezicht en hals. Ze speelden door tot het licht buiten verflauwde. Zij won drie keer.

Tegen acht uur, een paar minuten voor hij met Milk zou gaan lopen en daarna de opdracht wilde maken die er vanmiddag bij in was geschoten, zei zijn moeder: 'Kom, dan laat ik je zien waar we komen te wonen. De brief van de gemeente is binnen. Er zijn nog een paar huizen onbewoond.'

Ze stond op en haalde een plattegrondje van de nieuwbouwwijk uit de keuken, spreidde het uit op tafel en streek het met beide handen langdurig glad. Nu ze zo over de tafel gebogen stond, zag hij weer hoe klein ze was, zoveel kleiner dan hij.

'Kijk,' zei ze, 'in de Rogstraat zijn er nog drie huizen leeg.' Met haar nagel tikte ze op de kaart. 'Als we op nummer 47 komen, zitten we helemaal op de hoek, naast de garage, dan hebben we niemand naast ons. Als we op nummer 12 komen, hebben we aan twee kanten buren. We kunnen kiezen.'

In gedachten verzonken bleef ze naar het kaartje staren. Hij keek er maar half naar. De verandering, aanpassing die er straks van hem gevraagd werd, hij wilde er niet aan denken. Hij wist dat het hem maanden zou kosten voor hij daar op zijn gemak was. Afwisselend keek hij naar zijn handen die stil op het tafelblad lagen, en naar het kruisbeeld, door hem ooit met een spijker in de omlijsting van de deur geslagen. Naast Maria hing de altijd stervende Jezus, wiens voeten elke dag met zorg werden afgestoft. Soms hoorde hij zijn moeder dan zachtjes tegen het beeld praten.

Vlak voor hij was opgepakt, was hij een keer de keuken ingelopen, waar ze met gesloten ogen en gevouwen handen bij het beeld stond, en had haar horen zeggen: 'O heilige Maria, vergeef ons, laat ons...' De rest verstond hij niet meer. Tranen gleden stil over haar gezicht. Voor ze hem had kunnen horen, was hij weggeslopen.

Hij liep maar een kort rondje met de hond. Zijn voetstappen dansten; de drank had hem licht gemaakt in zijn hoofd. Toch was hij nog mooi op schema. Hij besloot alvast te beginnen met het inpakken van de eerste dozen. Zijn dagschema luisterde nauw, het moest nu meteen, dan had hij nog tijd voor zijn oefening.

Hij begon met de kelderkast. Terwijl de alcoholwaas langzaam uit zijn hoofd wegzakte, trok hij stapels vuilniszakken, sigarenkistjes en schoenendozen van de planken. Oude kerkboeken, schriften met gezangen van toen zijn moeder nog bij het vissersvrouwenkoor zat. Brieven van hem waar hij liever niet naar wilde kijken. Twee oude bijbels. Hij bladerde ze snel door, alleen om het ritselen van de vergelende pagina's tussen zijn vingers te horen. Tot hij vier dozen vol had werkte hij door; het zweet was tot onder zijn haargrens gekropen en veroorzaakte daar een jeuk die hij niet weggekrabd kreeg. Hij schatte in dat hij met vier dozen per dag volgende week klaar zou zijn.

In het langzaam dovende daglicht stond hij boven bij het raam op het plaatsje van de buren te kijken. Het was leeg. De skippybal was weg. Geleidelijk verkleurde de lucht. Hij keek naar opvliegende, klapwiekende en neerstrijkende duiven die een slaapplek zochten voor de nacht. Met hun kop voorovergebogen onder de veren zaten er een paar ineengedoken in de dakgoot. Pas om tien uur liep hij terug naar zijn tafeltje. Hij wilde nog een oefening doen, maar de drank had hem vermoeid gemaakt. Lusteloos bladerde hij door het werkboek op zoek naar waar hij gebleven was. Hij kon nauwelijks een gedachte vasthouden.

Hij ging voor het aquarium zitten. Keek naar de vis. De opdracht van vandaag ging over emoties. Hij moest vier woorden invullen voor woede, oplopend in intensiteit. Geïrriteerd was de eerste, die stond in het boek aangegeven, maar de rest moest hij zelf bedenken.

'Weet jij er een?' vroeg hij aan de vis. Die keek langdurig langs hem heen en liet toen, haast zonder zijn bek te openen, met een vermoeide zucht een slinger belletjes ontsnappen. Alsof hij er iets mee wilde zeggen. Jonathan kroop dichter op de bak en speurde met zijn blik de bolle, ronde kop af. Hij zag de rugkieuwen traag ademen. Even hing het dier stil in het water, toen spande het zijn lijf en draaide zich half om, met zijn zacht bewegende staart naar Jonathan toe. Dit wordt niks, zei hij tegen zichzelf. Hij richtte zich weer op, klopte zijn broekspijpen af en voelde een vlaagje warme wind vanuit het raam over zijn huid strijken. Het lukte niet. Het was ook veel te warm om na te denken. Dan moest hij morgen maar een extra oefening doen. In zijn schrift maakte hij een nieuwe berekening, als hij er morgen één extra deed, dan kwam hij toch nog goed uit.

Hij ging op de rand van zijn bed zitten, trok zijn broek uit en stroopte zijn doordrenkte shirt van zijn lijf. Even rook hij zichzelf. Een zware, donkere geur. Languit op zijn rug strekte hij zich vervolgens uit op het matras waarvan de veren kraakten onder zijn gewicht. De zon was weg, maar het was nog steeds niet helemaal donker. Bijna onmiddellijk viel hij in slaap. Hij sliep kort. Toen hij wakker werd, hing er boven de daken buiten nog steeds een strookje licht.

Hij schoot overeind en hield zich stil, zijn hele lijf gespannen. Zijn hart sloeg dof en zwaar in zijn keel. Flarden van een droom plakten nog achter zijn ogen. Betsy. Hij had over Betsy gedroomd. Hij kon zich niet meer voor de geest halen wat hij had gezien, maar de hoge, kleine geluidjes die het kind had gemaakt dwarrelden nog rond in zijn hoofd. Eerst het kirren, lachen, wat overging in een onverdraaglijk klein, haast dierlijk gepiep. Toen de stilte voordat ze was gaan huilen. 'Mama, ik wil naar mama...'

De herinnering aan haar drukte achter zijn ogen, en hij had het gevoel alsof de vloeistof die opwelde in de gezwollen spleetjes van zijn oogleden vanuit een plek kwam in hemzelf die lang afgedekt was geweest. En dat die nu door de storm van zijn droombeelden opnieuw was opengewoeld. Waarom nu? vroeg hij aan zichzelf, maar het was alsof hij de vraag aan een ander stelde. Hij pakte zijn hoofd in zijn handen en duwde met zijn wijs- en middelvingers tegen zijn slapen.

Hij wilde zichzelf vervloeken, zich voor de spiegel in zijn gezicht slaan, vlakke petsen op zijn wangen, alsof het de kaken waren van een ander. Maar hij dacht aan de oefening over zelfbeeld. Het was belangrijk dat hij aardig, mild voor zichzelf was, had hij geleerd. Maar hoe ging dat, hoe deed je dat? Hij kon het niet opbrengen het werkboek erbij te pakken. Niet meer aan denken nu, zei hij tegen zichzelf, zachtjes, en ging rechterop zitten. Je kunt er niks aan doen. De volgende keer zal het beter gaan. Met zijn armen om zijn knieën trok hij zijn benen tegen zijn borst. Weer de dierlijke geur die van zijn eigen lijf afkwam. Toch kon hij het niet helpen dat de gedachtentrein alweer op gang kwam, vaart maakte en algauw ratelde over de krakende, versleten rails.

Hoe had hij het toch kunnen laten gebeuren? Hij dacht aan de momenten vlak ervoor, vlak voor het delict, zoals ze het in de rechtbank noemden. Hij was toen dezelfde als nu, dacht hij, natuurlijk was hij dezelfde, maar toch was hij ook volledig anders. Ze hadden schelpen gezocht, scheermesjes en kokkels. In zijn groengeruite zakdoek gevouwen. Hij had limonade meegenomen. Samen dronken ze uit een flesje, in de schaduw van een den met wijd uitgespreide takken.

Hij had hun vondsten nog eens uitgestald, ze bewonderd en erover verteld. Ze keek er vol verwondering naar, stapte toen op hem af en kuste hem op de wang. 'Mooi,' fluisterde ze. Eerst gaf hij geen krimp. Maar haar gezicht was zo dicht op het zijne. En ze gaf hem weer een kus, aaide de hond over de kruin, wilde toen bij hem zitten. Tegen zijn schoot aan. Nog nooit had hij een zacht levend wezen zoals zij zo dicht bij zich gehad. Ze was zo licht.

De rechter had geoordeeld dat hij misbruik van haar had gemaakt. Maar voor hem was het alsof er iets groots, onmetelijks, iets onuitsprekelijks buiten hem was, dat misbruik van hém had gemaakt. Hij zou dat nooit kunnen uitleggen of goed in woorden vatten. Maar er was iets geweest wat het heel lichte dat hij in zichzelf voelde plotseling had verzwaard, zomaar, buiten hem om, achter zijn rug om. Dit had hij nooit tegen de psycholoog kunnen zeggen, die zou hebben gedacht dat het een goedprater was, of dat hij 'externaliseerde', zoals ze dat noemden, dat hij geen verantwoordelijkheid nam voor zijn daden. Toch was het precies zoals hij het had ervaren. Hoe zou dat niet goed kunnen zijn?

Hij kwam er niet uit, kromp ineen, legde zijn hoofd op zijn borst en dwong zichzelf zijn gedachtegang te stoppen. 'Nu,' zei hij hardop, 'nu.' Hij moest zich richten op nu. Nu was alles anders. Hij was anders dan hij toen was, en ook dit meisje was anders. Opnieuw dacht hij aan hoe kalm hij was geweest in haar aanwezigheid. Dat had hij nog nooit meegemaakt. Eigenlijk was het een zegen dat hij haar had leren kennen. Zolang hij niet te dicht bij haar kwam, kon hij oefenen. Dat was toch precies wat hij nodig had?

Toen hij later weer bij het raam stond, zag hij het meisje op het binnenplaatsje verschijnen. Even verontrustte het hem dat ze zo laat nog op was, toen werd die gedachte verdrongen door wat hij zag. Ze droeg een rokje. Het was voor het eerst dat hij haar in een rokje zag. Met een korte boog gooide ze een tennisbal tegen de muur. Steeds wanneer de bal vanaf de muur terugketste, draaide ze zich vlug om haar as en klapte in haar handen voor ze hem opving. Bij elke draai zag hij een glimp van haar dijen. Zijn handen omvatten de vensterbank, bloed trok uit zijn knokkels. Ja, dit was een goede oefening. Zo kon hij zichzelf trainen. Je kon wel alles in theorie weten, redeneerde hij, en oefeningen maken tot je erbij neerviel, maar uiteindelijk ging het toch om de praktijk. In de praktijk, daar moest je weten wat te doen. Dus bleef hij kijken. De wervelingen van haar rokje, haar dijen in de gloed van de spaarzame tuinverlichting, en toch lukte het hem kalm te blijven. Alsof het glas dat hen scheidde zich ook als een beschermende wand tussen zijn gedachten en zijn lijf optrok.

Nadat hij een poos had staan kijken, viel hem iets anders op. Hij vond dat ze er verloren uit zag. Maar voor hij daarover kon nadenken, stopte ze plots met gooien, alsof haar een teken was gegeven, draaide zich om en verdween in het huis.

'Ze is alleen,' zei hij tegen de vis. Hij zat een tijd stil voor de bak. Het beest liet een bel ontsnappen aan zijn halfopen bek en staarde zoals altijd leeg langs hem heen. De wieken van de ventilator draaiden langzaam en wierpen vreemde, vervormende schaduwen over het glas. 'Ze wil bij ons zijn,' zei hij. Als antwoord liet de vis zich, nauwelijks zichtbaar met de buikvinnen bewegend, wat dieper in de modder zakken. Zijn ogen stonden mat. We zijn allemaal moe, dacht hij.

'Ze heeft niemand,' schreef hij achter in zijn schrift. En eronder: 'Ik laat haar binnen. Morgen om drie uur, als moeder slaapt.'

Hij ging aan zijn tafeltje zitten en maakte een oefening over zelfbeheersing. Het ging goed. Toen stond hij op en keek uit het donkere raam. De tennisbal lag nog op de tegels. Hij liep terug naar zijn tafeltje, las nog een paar regels, sloot het werkboek toen en bleef er nog een tijdje mee in zijn hand zitten. Uiteindelijk legde hij het onder zijn kussen, kleedde zich uit en stapte in bed.

Hij was rustig gaan slapen, maar schrok een paar uur later wakker van een droom over de gevangenis. De harde, galmende stemmen die naderden, radiomuziek, het verre geroep van mannen op de luchtplaats. Voetstappen op de gang. In zijn verbeelding schreeuwde hij, zijn mond opengesperd zo ver hij kon, maar er kwam geen geluid, niemand hoorde hem. Toen die droge klik, het openspringen van zijn celdeur. De druk op zijn lijf van een ander lijf, geworstel, hitte in zijn nek, een arm om zijn hals. Hij moest zich losmaken uit de droom, maar het lukte niet zijn gedachten tot rust te brengen.

Uren lag hij nog languit op zijn bed en staarde naar het plafond, luisterde naar de waterpomp. Hij probeerde zijn ademhalingsoefeningen, en nog eens, maar werd pas kalmer toen hij het meisje in het scenario bedacht. In kleermakerszit zat ze in een hoekje van de kamer, vlak voor het aquarium. Ze ademde stil en het was alsof de lucht die in en uit haar longen stroomde zacht door de ruimte trilde. Zijn eigen ademhaling ging ook in het juiste ritme, in, uit, in, uit, en zij zat daar maar, voor de bak. Dat was een teken. Hij wist het zeker: het was het beste haar binnen te laten.

Hij pakte zijn schrift erbij en schreef onderaan de regels: 'Als ze binnen is, moet ze op twee meter afstand blijven.'

'Kijk.' Ze had haar schrift weer bij zich. Met grote blokletters had ze erop geschreven: 'gehiem!!.' De spelfout ontroerde hem. Binnen in de kaft stond: 'de club.' Het was woensdagmiddag en ze waren op zijn kamer, ze kwam voor hem staan. Op de eerste bladzijden zag hij dat ze met viltstift de namen van de clubleden had opgeschreven. Met cijfers erbij: 1 tinca, 2 milk, en daaronder: ik. Ze zei: 'Jij mag er denk ik ook wel bij.'

Jonathan sperde zijn neusgaten wijd open, rechtte zijn rug. Zijn plan was goed uitgedacht, netjes uitgeschreven. Zijn dagschema aangepast. Van drie tot vier kon ze komen. Nu het zo heet was, deed zijn moeder elke middag vanaf drie uur een middagdutje en maakte hij haar een uur later wakker. Het meisje zat rond drieën altijd op het pleintje. Zodra hij daarlangs kwam met de hond hoefde hij haar maar te roepen en kwam ze mee, dat had hij wel gemerkt. Hij zag het helemaal voor zich. Hoe ze samen het aquarium schoonmaakten, zij weer lachte en gelukkig was, dankbaar. Allemaal dankzij hem.

Toen hij haar daarnet voorstelde hem te komen helpen met de vis was ze ook onmiddellijk opgesprongen van het spel dat ze in haar eentje speelde. Er lag een pop op de stenen van het pleintje en ze had een waslijn bij wijze van springtouw aan een lantaarnpaal gebonden. Verveeld draaide ze aan het koord en sprong op toen ze hem zag.

Ze volgde hem, stilletjes de trap op, alle dertien traptreden, langs de woonkamer waar zijn moeder op de bank lag te slapen.

'Kijk eens,' zei ze nu.

'Ja, ik kijk.'

Ze bladerde naar de pagina over Tinca, waar ze in een klein, net handschrift alle feiten had opgeschreven die hij haar had verteld. 'Latijnse naam: tinca tinca. Echte naam: zilt. Of: doktersvis, of: muidhond. Kan niet tegen hitte. 18 graden is het beste. Meer dan 23 graden is heel slecht, dan gaat het niet goed.'

Hij kon nauwelijks geloven wat hij zag. Al die details, ze moest een heel goed geheugen hebben. Net als hij. Alsof er een computerchip zat, ergens verborgen in de bedrading van haar hoofd.

'Dat heb je allemaal gewoon onthouden?'

'Tuurlijk.' Haar gezicht schuin, haar haar in die te korte, gekke staart. Nu lachte ze naar hem, ontblootte daarbij haar afgebroken rechtervoortand. Het schuine kartelrandje, het puntje van haar tong dat tegen haar onderlip rustte.

Hij zag hoe zij naar hem opkeek. De lichtvlekjes in haar ogen, minuscule druppeltjes op de brug van haar neus. Als om daar de aandacht op te vestigen trok ze een paar maal haar neus op, even kort, een rimpeling, trilling van haar neusvleugels. 'Ik heb vannacht van Tinca gedroomd,' zei ze. Meteen verscheen zijn eigen droom in zijn gedachten. Zou zij dat ook hebben, dat ze zo levendig droomde en 's ochtends vaak nog de kleurrijke, bewegende beelden voor zich zag? Hij had haar graag over zijn dromen verteld maar kon geen geschikte bedenken. Die van vannacht, zijn droom over Betsy, was natuurlijk niet passend.

'Wat droomde je dan?' vroeg hij.

'Ze was ziek.'

Van opzij keek hij naar haar gezicht. Ze zuchtte. Hij dacht angst te zien, maar hij wist het niet zeker. Moest hij dat aan haar vragen, of ze bang was? Opnieuw moest hij denken aan zijn psychologisch onderzoek. Hij was niet goed in het herkennen van emoties bij een ander, vond de psycholoog. En ook dat hij dan niet moest gokken, maar moest vragen. Zo leerde je bij over hoe mensen in elkaar staken. Maar was dat nu nodig? Hij fronste zijn voorhoofd. In zijn darmen begon het te rommelen, alsof hij iets verkeerds had gegeten. Wat zou er gebeuren als hij het haar zou vragen? Zou ze eerlijk antwoorden? En als dat inderdaad zo was, wat moest hij dan doen? Hij keek naar haar, ze zat verdiept in haar schrift. Het moment was alweer voorbij, het was te laat. Hij beet op zijn lip en zweeg. Haar pen kraste luid over het papier.

Na een paar lange minuten begon ze weer te praten. 'Tinca gaat toch niet dood?'

'Hoe bedoel je?' Vertel haar iets om haar gerust te stellen, dacht hij, praat over feiten, over de vis. Dan heb je ook wat meer tijd om te denken.

'Omdat het meer dan 30 graden is. Dat is te warm. Het is ook te warm voor mensen, zegt mama, ze stikt haast in het café.' Bij die laatste woorden schudde ze even licht met haar hoofd, waardoor er een haarlok loskwam uit haar staartje.

Het plukje viel over haar voorhoofd. Ze blies het weg. Zoals elke keer viel het terug.

'Niet als we goed voor hem zorgen,' zei hij. 'Dan gaat hij niet dood.' Hij moest denken aan de cichliden die hij vorig jaar had gehouden. Uit de brieven van zijn moeder wist hij dat ze in de eerste week van zijn gevangenschap al het leven hadden gelaten. Ze had ze beneden in de woonkamer gezet. Ze waren gevoelig voor verandering, dacht hij. Deze vis hou ik hier, schoot het onmiddellijk door hem heen, weer een verplaatsing van leefomgeving vraagt te veel van het dier.

'Als ik vroeger ziek was, maakte papa altijd waterijsjes voor me. Met perensmaak. Dat is mijn lievelingssmaak.'

Ze keken samen naar de bak, waar de vis zwaar en traag achter het glas hing, zijn staartvinnen schraal, zijn ogen dof. Een suizende leegte spreidde zich plotseling uit in Jonathans hoofd. De vis lag de afgelopen dagen steeds maar in de modder. Zijn eten raakte hij amper nog aan. Met die hitte was de temperatuur in de bak nauwelijks nog laag te houden. Hij moest er niet aan denken dat hij het beest kwijt zou raken, weer alleen in zijn kamer zou zijn, alleen met zijn eigen gedachten. Praten, dacht hij, wat zeggen, zeg wat, bedek het met woorden. 'We moeten gewoon lief voor hem zijn,' bracht hij uit. Maar een stroompje woede borrelde in hem omhoog.

'Wat is haar lievelingseten?'

'Diepslakjes eet hij graag.'

'Dus dan moeten we die geven om haar te redden?'

'Misschien.'

'Waar leven die?'

'In de duinmeertjes.'

'Heb je die slakjes hier?'

'Nog een paar.'

'Dan moeten we met de club nieuwe gaan halen, toch?'

Hij knikte. Een dezer dagen zou hij terug de duinen in moeten, maar hij wist ook dat ze mee zou willen. Dat was te gevaarlijk. Hij besloot er niet verder op in te gaan en zei om haar af te leiden: 'Wacht maar, je mag er een paar voeren.' Uit het washok haalde hij de jampot waarin hij ze bewaarde.

Ze ging ermee op de grond zitten, de grote, ronde pot in haar handen. 'Wat een gekke slakjes,' zei ze lachend. Met haar wijsvinger volgde ze een voor een de kronkelbewegingen van de beestjes op het glas.

Een tijdje beperkte hij zich ertoe daar stil te zitten en intussen de gestalte van het meisje te bestuderen, zijdelings, om snel te kunnen opstaan als ze een onverwachte beweging zou maken, te dichtbij zou komen. Maar ze concentreerde zich op de slakjes en schonk geen aandacht aan hem.

Op een gegeven moment, terwijl hij daar zo zat en naar haar keek, bekroop hem het vreemde gevoel dat hij werd gadegeslagen. Alsof de rechter en de psycholoog hem hier, in zijn eigen kamer, konden zien zitten. Kijk maar, zou hij willen zeggen, kijk maar hoe goed het gaat. Hij schraapte zijn keel. 'Geef hem alles maar, hoor.'

'Echt?'

Toen hij knikte, begon ze met voorzichtige bewegingen een slakje los te pulken uit de in elkaar gekleefde beestjes in de pot. Bracht het tussen haar duim en wijsvinger tot boven de bak en liet het daar vallen. Er ontstond een kringetje in het water dat zich vrijwel meteen weer sloot. Terwijl hij ging verzitten, bedacht hij dat er voordat hij het meisje had leren kennen nog nooit iemand anders op zijn kamer was geweest behalve zijn moeder. En dat het ook de eerste keer was dat iemand hem zo goed en zonder woorden begreep. Hij slikte.

Het slakje dreef stil in het water. Een tijdje bleef de vis, licht met zijn staart bewegend, net boven de modder hangen. Toen kwam hij los van de bodem, dreef langzaam op zijn prooi af, opende zijn kaken net genoeg om het voer op te slokken en liet zich weer zakken.

'Hij heeft het opgegeten!' riep ze uit. 'Kijk nou!'

'Dat heb je goed gedaan. Hij knapt nu vast en zeker snel op.'

Ze keek hem lachend aan. Heel voorzichtig lachte hij terug. Hij moest niet te veel laten merken wat hij voelde. Hij stond op, met een paar korte passen bewoog hij zich wat van haar af, maar ze kwam alweer naar hem toe. Zonder dat ze het wist passeerde ze de cirkel die hij in gedachten om haar heen had getrokken. Toch bleef hij staan waar hij stond, ingespannen zijn adem volgend. Ze is over mijn grens, maar ik kan het.

'Kijk.' Ze hield haar schrift onder zijn neus. Hij rook een vage zeeplucht, die van haar lichaam afkwam.

Hij schrok. Nadenken. De vijf g's, gevoelens, gedachten, gedrag. Gevoelens hoeven niet tot gedrag te leiden. En gedachten en gevoelens, hoe zat dat ook weer? Waarom was hij het kwijt, net nu het zo belangrijk was om zich alles te herinneren? Zijn eigen gedachten raakten juist op dat moment verstrikt, haakten zich in elkaar vast, raakten in de knoop. En even werd alle lucht tussen de gedachten weggezogen en maakte plaats voor een drukkend vacuüm in zijn hoofd. Hij moest zich losmaken.

'Heb je soms honger?' vroeg hij om zijn aandacht ervan af te leiden. Zijn stem was te dun, een draadje, luchtbelletje dat knapte voor iemand hem had gehoord. Hij kuchte. Probeerde zijn stem opnieuw. 'Ik kan wel wat te eten voor je maken?' Dat was beter. In gedachten deed hij een stap van haar af. Zijn rechterhand, die hij in zijn zak had, balde hij tot een vuist.

Ze haalde haar schouders op en pruilde. 'Je kijkt helemaal niet.'

'Ik kijk wel.'

'Hier.' Ze kwam nog dichterbij. 'Kijk, dit ben jij, met Milk en Tinca.' Een tekening van drie figuurtjes. Hij had de neiging op zijn tenen te gaan staan, zo kon hij blijven waar hij was en toch wat verder van haar vandaan komen.

'Mooi,' zei hij, 'vooral de vis lijkt heel erg.' Van het schrift richtte hij zijn blik op het raam. Keek naar de gordijnen die heel zachtjes bewogen in de tocht. Zachtjes heen en weer. In zijn binnenste wankelde hij. Alsof hij elk moment voorover kon vallen, in zichzelf naar beneden kon tuimelen. Voorzichtig verplaatste hij zijn gewicht van de hak naar de bal van zijn voet. Je moet alleen zijn, je gedachten ordenen. Hij liep richting de deur van zijn kamer.

'Is je moeder thuis vanavond? Kookt ze voor je?'

'Ze moet werken, ze komt pas thuis als ik al slaap.'

'Wacht hier, ik maak wat voor je. Ik ben zo terug.'

Staand voor het fornuis warmde hij de kibbeling van de avond ervoor op. Zijn handen trilden. Toch was er ook een zekere kalmte in zijn binnenste. Ingespannen volgde hij het ritme van zijn eigen ademhaling, zich traag uitrekkende golven die hem bevielen. Het plan liep niet helemaal zoals hij had bedacht, ze was te dichtbij gekomen. Hij had haar geroken. Maar ondanks het bloed dat hij warm in zijn oren voelde kloppen en de versnelde hartslag in de aderen onder zijn huid had hij er een goed gevoel bij.

Hij begon met een vork de visbrokken door de opwarmende pan te schuiven, kon nauwelijks wachten tot de boter in de koekenpan heet genoeg was geworden, en spreidde al een paar happen uit op twee boterhammen. Ik ben de saus vergeten op te warmen, dacht hij en keek in de pan. Zo gaat het ook wel, zei hij bij zichzelf, ik geef er wel wat slasaus bij. Even bleef hij nog staan. Nadrukkelijk, met wijd geopende mond, haalde hij adem. Daarna praatte hij met zichzelf, geluidloos de woorden vormend. Het is zaak dat je alert blijft. Hou alles scherp in de gaten, laat je niet afleiden door wat ze zegt, hou de klok in het oog. Het was kwart voor vier, las hij op de digitale ovenwekker. Opschieten.

Wat later zat hij bij haar en voelde zich kalm maar op zijn hoede. Ze at snel maar netjes, ze sneed keurige hapjes af, alles met mes en vork.

'Wil je meer brood?' vroeg hij toen ze klaar was.

Even dacht ze na. Toen schudde ze haar hoofd. Een poosje bleef ze zitten zonder iets te zeggen. Weer verbaasde hij zich over de zachtaardige rust in zijn kamer, terwijl ze hier zo bij hem zat. 'Kom,' zei hij en het viel hem op dat hij zachter was gaan praten, 'dan geven we Tinca nog wat te eten.'

Terwijl hij het voer pakte, was het meisje op haar knieën voor de bak gekropen, ze had zich voorovergebogen en nam het potje voer van hem aan. Het schijnsel van de aquariumverlichting verlichtte van onderen haar hals, kin en lippen. Hij keek ernaar, spande zijn rug onder zijn shirt en keek weg.

'Eigenlijk is het zielig dat Tinca gevangen leeft en in haar eentje in het aquarium zit,' zei ze bedachtzaam, zonder haar ogen van de vis los te maken. 'Als je de hele dag alleen bent, word je eenzaam en dat doet pijn.'

Het klonk wijs voor haar leeftijd. Ze zei het of het niet haar eigen woorden waren, maar geleende.

'Wie zegt dat?'

'Papa.' Even keek ze om zich heen alsof iemand haar zou kunnen betrappen. 'Hij belde gisteren. Mama was haar telefoon vergeten en ik nam op. Hij is alleen.' Daar was die blik weer. Haar ogen zo groot en helder. 'Hij is anders dan iedereen denkt. Hij heeft spijt.'

Hij draaide zijn hoofd van haar af en prutste wat aan het aquarium.

Een paar seconden zei ze niks, toen praatte ze door, haar stem zo zacht. 'Hij heeft spijt dat hij niet lief was voor mama. Dat hij weg is gegaan. Ik vind het best wel zielig voor hem.'

Van onder zijn half neergeslagen oogleden keek hij naar haar. Ergens wilde hij het niet weten. Tegelijkertijd zou hij uren naar haar willen luisteren. Alles zou hij willen horen, hoe ze dacht, wat ze deed, desnoods verhalen over haar familie, als ze maar praatte en hij haar woorden de ruimte van zijn kamer hoorde vullen. Zijn vingers grepen in elkaar en trokken zich weer vrij, wisten zich geen raad. Hij wreef zijn handen ineen en duwde tegen zijn vingerkootjes tot hij de gewrichten hoorde kraken. Ik moet iets doen, dacht hij, in de war van hoe ze klonk, wat ze had gezegd. Iets doen, wat dan ook, zolang het maar iets is voor haar alleen. Om het beter te maken. Er leek iets kapot en dat wilde hij heel proberen te maken. Maar hoe? Hij draaide zijn handen, de palmen naar boven, maakte een soort verontschuldigende beweging haar kant op, reikte naar haar en trok zich terug, een beweging van niets.

'Waar is hij? Je papa?' O, god, ook dat nog, waarom vroeg hij dat? Zo maakte hij het alleen maar erger. Hij beet zachtjes op de binnenkant van zijn wang, op zijn lip, voelde weer het heel lichte trillen van zijn handen. Word nou rustig. Hou je gedachten in bedwang. Vraag niet zo. Schei ermee uit.

'Gewoon, in ons huis. Mama wilde daar weg.' Ze snoof. 'Nu wil hij dat ik bij hem kom wonen, maar hij weet helemaal niet waar we zijn.'

Hij wilde haar niet meer aankijken maar deed het toch. In het namiddaglicht zag hij die ogen, die ogen die steeds maar mooier werden.

'Je hoeft het me niet te vertellen,' zei hij nu zacht.

'Ik vertel het toch?'

Je stem is nog steeds te slap, dacht hij en rechtte zijn rug. Zelfvertrouwen, dacht hij, kalmte. Je bent de baas over je gedachten.

'Mama wil weg, we zitten hier te lang,' zei ze. Ze begon te kauwen op haar haarspeld.

Nu begon er iets te trekken vanuit de bodem van zijn maag. Waarom was dit allemaal zo ingewikkeld? Was het te ingewikkeld voor hem? Hier zit je dan, dacht hij, met alles wat je hebt gelezen, al die oefeningen die je hebt gedaan, dat werkboek, en je weet het niet. Alles in hem was verstomd. Hij wenste opeens hartstochtelijk dat hij weg was uit deze situatie.

Het meisje was ondertussen bij Milk gaan zitten, die in de hoek van de kamer lag te slapen, en praatte zachtjes tegen hem. Jonathan kon het niet verstaan en wilde het niet verstaan. Hij stond op, liep achter haar langs het washok in om weg te zijn, probeerde na te denken. Maar zijn gedachten werkten niet mee. Ze holden niet, zoals ze soms deden, maar maakten sprongen, op en neer op de plaats. Soms stopten ze even en vielen stil, zodat hij ze kon zien, maar het waren er zoveel en hij had geen idee welke hij voorrang moest geven, welke gelijk had. Stuur haar weg, laat haar hier, stel meer vragen, bemoei je er niet mee. Pak dat werkboek, lees er snel in, doe het niet, los het zelf op.

Vragend keken zijn eigen ogen hem vanuit de spiegel aan. Hij opende de kraan en liet het water in dunne straaltjes langs zijn onderarmen lopen, zijn polsen. Kleine druppels spatten uiteen in de wastafel, probeerden weg te komen, vluchtten over het gladde porselein maar gleden onherroepelijk terug en vormden stroompjes richting afvoer. Je bent halverwege het werkboek, stelde hij zichzelf gerust. Of eigenlijk ben je al over de helft. En het gaat steeds beter. Dat moet je niet vergeten. 'Vergeet dat niet,' fluisterde hij, zijn lippen nadrukkelijk bewegend. Het kan alleen maar makkelijker worden. Beter.

'Hé, wanneer gaan we van die slakjes zoeken?' riep ze van achter de deur van het washok.

Hij schraapte zijn keel. 'Ssst, wat zachter, mijn moeder slaapt. Ik kom al.'

Hij trof haar weer bij de bak aan, zacht, onhoorbaar, pratend tegen de vis. Op een paar meter afstand ging hij erbij zitten en bedacht wat hij kon zeggen. Het was al bijna vier uur, zag hij, het was beter als ze vertrok. Zijn handen wringend vroeg hij zich af hoe hij haar op een aardige manier de kamer uit kon krijgen.

Maar hij had zijn gedachten nog niet kunnen vormen, of ze draaide zich naar hem om en verbrak de stilte: 'Volgens mij is het niet waar wat mama zei.'

'Wat?' Opnieuw voelde hij zich warm worden. Waar ging dit heen?

'Volgens mij ben jij juist wél lief.' Ze keek nu recht in zijn gezicht. Haar ogen helder en ernstig. 'Je zorgt toch voor Tinca en voor Milk? En voor mij? Ik vind het zo stom dat ze zoiets zegt.'

De spanning keerde terug naar zijn spieren en zijn rug verstrakte. Hij draaide zijn hoofd van het meisje af, niet in staat te reageren. Hij wist dat wat hij vorig jaar had gedaan niet goed was, en al die tijd had hij zich afgevraagd wat dit betekende, wat het zei over hem. Zoveel dacht hij eraan dat hij soms gek werd van zichzelf, van zijn tegenstrijdige ideeën, en nu dit.

Ze had zich alweer van hem afgewend. Hij keek naar haar kruin, de mooie, subtiele bolling van haar achterhoofd, het heel zachte beven van het uiteinde van haar staartje. Was het goed dat zij dit tegen hem zei? Mocht hij trots zijn? Was dit een bewijs dat hij toch goed was? Was dit misschien juist wat hij moest doen? Met haar zijn, dacht hij, voor haar zorgen.

Het leek hem eigenlijk heel logisch. Zoals hij in die vragenlijst van de psycholoog had geschreven, waarin delen van zinnen stonden, die je zelf moest aanvullen. 'Het beste ben ik...' stond er bijvoorbeeld. En hij schreef: 'Het beste ben ik... in zorgen.' Na lang nadenken had hij dat opgeschreven. Want: kon je dat wel van jezelf zeggen? Een hele tijd had hij erover gepiekerd, op de achterkant van zijn pen gekauwd, was van het raam naar de tafel gelopen, terug. Uiteindelijk dacht hij dat het kon. En het was waar.

Weer liep hij naar het washok, dronk water, stond voor de spiegel en keek zichzelf aan. Toen hij terug de kamer in kwam, was ze wijdbeens op de grond gaan zitten, over haar schrift gebogen. In haar kruis zat een klein vlekje. Hij voelde dat zijn blik eraan bleef haken. Zijn bloed suisde in zijn slapen.

Vijf minuten later dan volgens het dagschema zaten ze in de woonkamer te kijken naar een quiz die hem niet interesseerde. Vandaag had hij koolvis van de fabriek meegenomen en haastig opgebakken, aardappels geschild en gekookt. Maar omdat hij ondertussen een oefening deed was hij de tijd vergeten. De aardappels waren papperig en zacht en tot zijn woede moest hij ze weggooien. Snel schilde hij andere en kookte ze terwijl hij ernaast stond.

Hij kreeg zijn hoofd maar niet stil. Er was zoveel om over na te denken. Steeds maar zag hij de uitdrukking op het gezicht van het meisje toen hij haar iets na vieren had weggestuurd. Een uur later had ze alweer aangebeld om hem nog een tekening te laten zien uit haar schrift, een vis, het logo voor de club. Zijn moeder, die opnieuw was ingedut, was er wakker van geworden en hij zag haar kijken van achter het gordijn. Toen stuurde hij het meisje terug naar huis.

Om vijf over half zeven diende hij het eten op. Alle ramen stonden tegen elkaar open. Ze aten op de bank. De ventilator wiekte lauwe lucht over hun gezichten, maar het was allemaal tevergeefs. De warmte hing zwaar en onbeweeglijk in de kamer, die zou nooit meer weggaan. Zijn longen bonsden. Hij was moe en hij wist dat zijn moeder dat ook was. Haar gezicht leek kleiner dan normaal. Flauwe schaduwen onder haar ogen.

Een tijdlang zat hij naast haar met een bord dampend eten op zijn schoot. Ze at langzaam en hing wat achterover in de bank. Hij dronk limonade, zij wijn. Hij kon nauwelijks luisteren naar haar moeizame adem. Met dit weer moest ze meer medicijnen gebruiken, wist hij. De potjes en opengescheurde sachets had hij op de rand van de wastafel zien liggen. Slaperigheid was een bekende bijwerking.

Zwijgend zapte hij na afloop van de quiz langs de televisiekanalen. Niet één programma vond hij de moeite waard. Om tien voor zeven werd hij onrustig. Het werd vijf voor, drie voor, twee voor zeven, en ze had nog steeds haar bord niet leeg. Hij moest vandaag drie opdrachten maken en had er pas eentje af. Hoe moest hij dat doen?

Weer was ze opgehouden met eten en haar bestek rustte op de rand van haar bord. Ze keek hem aan en nam een trek van haar puffer. Dat ratelgeluid. Alsof ze snel kleine balletjes door een rietje zoog. Daarna klonken alleen nog de geluiden van de televisie. Hij stond op van de bank en dacht opnieuw aan het meisje, aan hoe ze vanmiddag haar onderkaak op dezelfde manier naar voren had geschoven als hij haar eerder had zien doen. Hoe ze hem pagina's vol aantekeningen had laten zien over Tinca.

'Later word ik dierenarts,' had ze gezegd en toen hij vroeg: 'Je werd toch schrijfster?' had ze gelachen en haar lach was anders dan hij gewend was, hij rolde als een zacht stuiterende bal door de kamer.

Niet aan haar denken, zei hij tegen zichzelf. Straks, boven, als je weer op je eigen kamer bent. Maar het was alsof zijn moeder dwars door hem heen keek.

'Dat buurmeisje is hier weer binnen geweest, hè?' vroeg ze. Haar neusvleugels trilden.

In een golf kwam een lauwe, miezerige misselijkheid opzetten. Hij sloot heel even zijn ogen en probeerde het toen uit te laten rollen, ondertussen bedenkend wat hij zou kunnen zeggen om haar gerust te stellen. Praat, dacht hij, praat, zeg wat. Het was anders dan zij misschien wel dacht. Maar hoe kon hij het uitleggen? Hij kon moeilijk beweren dat hij zelf helemaal begreep wat er met het meisje was, hoe haar gezelschap hem hielp. En hoe hij haar hielp. Dat ze honger had, ja, dat kon hij zeggen. Maar dat was niet alles, dat zou een verkeerd beeld geven. Dat ze moest kiezen tussen haar vader en moeder. Dat ze een plek nodig had, een thuis. Maar ook dat telde niet op tot het ongrijpbare, het wonderlijke. Hij verschoof op zijn stoel, keek schichtig naar zijn moeder.

'Ze helpt me met de verzorging van de zeelt.' Hij moest het simpel houden, haar geven waar ze wat mee kon. Maar hij voelde zijn mond droog worden.

Zijn moeder pakte het kruisje van haar kettinkje losjes tussen haar duim en wijsvinger. Vluchtig wreef ze erover met de top van haar duim.

'Het is nu heel belangrijk dat hij goed eet, dat de temperatuur goed blijft en dat dat meisje...' begon hij en hij wilde dat het eerbiedig klonk. Het was zo vreemd, terwijl hij over haar, hen samen, praatte was het net of hij groter werd, belangrijker. Toch voelde hij zich beschaamd toen hij dit zei tegen zijn moeder. Ondertussen dacht hij aan de hals van het meisje met het zachte stulpinkje. Weer schoof hij heen en weer, kromde zijn rug, zakte wat in elkaar, maakte zich kleiner.

'Het water mag niet warmer worden dan 23 graden, maar dat lukt niet, hij eet niet.'

Onder zijn vingertoppen voelde hij haast het gloeien van haar huid, de hitte van haar buik. Door de jaloezieën viel een reep zonlicht de kamer in, de hond liep heen en terug over zijn eigen schaduw en ondertussen had hij zijn aandacht ook gericht op een vlieg die zich op de leuning van de bank had genesteld. Hij keek naar de ragfijne draadjes in zijn transparante vleugeltjes en voelde zijn gezicht krampachtig samentrekken.

'Ik begrijp wel dat dat meisje hier graag komt, jongen,' hoorde hij haar zeggen. 'Met Milk, die ze steeds heeft uitgelaten, en nu die mooie vis.'

Hij knikte. Dat was ook zo. En ze had niemand.

'Maar lieverd, het is een kind.'

Hij volgde de gang van de vlieg, die was opgestegen en nu zacht brommend vlak voor de jaloezieën op en neer vloog, op zoek naar de uitgang.

'Waarom ga je toch niet naar die club, jongen?' vroeg zijn

moeder. 'Mensen van je eigen leeftijd, met wie je kan praten.'

Hij sloot zijn ogen. Moest hij haar dat geven? Misschien was dit het enige wat hij voor haar kon doen. Zijn goede wil tonen, zich melden bij die Bijbelclub. Hoe kon ze ook weten van de methoden die hij had geleerd om rust te vinden in zichzelf, hij kon haar dat nooit uitleggen. De recidivecijfers. Met dit therapieprogramma is het recidivecijfer significant lager, herhaalde hij de tekst uit het werkboek in zijn hoofd. Wat had de psycholoog ook alweer gezegd? 33 procent minder? Of 23 procent of...? 'Significant', dat was het in elk geval. En dat betekende: veel. Hoe zou hij haar ooit kunnen uitleggen hoe dat allemaal in elkaar stak?

'Donderdag is de bijeenkomst toch?' vroeg hij naar de bekende weg.

'Om vier uur.'

'Dat is morgen, na werktijd.'

Ze knikte.

'Ik zal er toch eens gaan kijken.'

'Meer vraag ik niet.'

Hij bracht de vaat naar de keuken, terwijl zij weer van kanaal wisselde. Deed de afwas. Met de knokkels van zijn vingers duwde hij af en toe zachtjes tegen zijn stijve nekspieren. Jeuk laaide op bij zijn zweterige haargrens en hij moest denken aan het kladblaadje, het volgeschreven blaadje, dat hij net voor hij de gevangenis in ging, bij het schoonmaken van haar slaapkamer had gevonden, een Bijbelspreuk die zij had overgeschreven. Iets over de onbegrijpelijkheid van het leven en dat je je moest overgeven aan Gods wijsheid, dat je een ander mens nooit helemaal zou leren kennen. Hij kon er niet alles van begrijpen, maar iets begreep hij wel en die woorden, van het onbegrijpelijke van een ander, waren hem bijgebleven. Op de een of andere manier wist hij dat het over hem ging en het had hem gekwetst. Iedere keer als hij een brief van haar kreeg moest hij daaraan denken, of hij wilde of niet, steeds kwam het weer bij hem op.

Om tien over acht liep hij een vlug rondje met de hond, kwam terug en ging weer zitten, wilde toch nog even bij haar zijn. Hij had willen zeggen dat hij uit zou kijken, maar vroeg in plaats daarvan of ze nog wat wilde. 'Nee dank je, lieve jongen,' zei ze.

Het was half negen. Hij moest verder. Vier dozen vullen, de oefeningen. Het ging moeilijk. Vandaag ruimde hij de kastjes in zijn moeders slaapkamer uit. Hij ergerde zich aan alles wat hij vond. Oude armbandjes die ze al jaren niet meer droeg, een stilstaand horloge, verweerd zilver, lege doosjes waar medicijnen in hadden gezeten. Waarom bewaarde ze dit allemaal?

Om kwart voor tien, te laat, zat hij boven. Hoewel hij drie oefeningen achterliep, wilde hij een opdracht van een aantal weken geleden opnieuw bekijken. Verward voelde hij zich. Hij wist niet of hij kwaad was of verdrietig, of iets anders. Wat voor soort tranen waren het die zich aan hem opdrongen? Van die oefening in het werkboek moest hij ze allemaal kunnen onderscheiden, al die emoties. Maar hij had geen idee welke naam paste bij het gevoel dat hij had. Hij staarde naar de letters van de tekst, die opeens zoveel dichter op elkaar leken te staan, soms bijna met elkaar vervloeiden. Het waren er zoveel. Hij bleef, strak naar de woorden starend, minutenlang zo zitten.

Toen liep hij naar het washok, spuugde krachtig in de wastafel en vulde een kan met water, dat hij eerst een tijd liet lopen, dronk, maar zijn darmen bleven hem in de weg zitten. Hij besloot de oefening van al die dagen geleden nog een keer te doen en probeerde rustig te blijven. Terug in zijn kamer bladerde hij door het werkboek. Hij was nog steeds misselijk, zijn darmen waren zwaar.

Na een tijd zoeken vond hij de oefening. En zijn antwoorden. Zag zijn eigen kleine, onhandige handschrift. Een volgeschreven bladzijde, vier rijtjes. Het kwam hem plotseling allemaal onnozel voor. Er waren vier basisemoties, stond er, die alle vier begonnen met een b. Blij, bedroefd, bang, boos. Bij elke emotie moest hij een voorbeeld bedenken. Iets uit zijn eigen leven. Bij bedroefd had hij geschreven: 'Als moeder alleen is en ik kan er niks aan doen.' Hij streepte het door en begon opnieuw. Aanvankelijk bleef het leeg in zijn hoofd, maar toen begonnen de gedachten zich langzaam aaneen te rijgen. Bij bedroefd schreef hij nu: 'Als het meisje verdrietig is, en ik kan haar niks geven.' Bij blij: 'Als zij ook blij is en ze lacht en ik haar afgebroken tand zie glinsteren.' En: 'Als zij slakjes aan de vis geeft en de vis ze opeet.' Meer kon hij niet bedenken. Kwaad scheurde hij de bladzijden uit het werkboek, verfrommelde ze en smeet ze in een hoek. Een half uur later had hij alweer spijt en streek ze glad. Met paperclips bevestigde hij ze op de plek waar ze hoorden.

Jonathan vertrok onmiddellijk na zijn werk, wachtte een aantal minuten in het bushokje. Hij had zijn werkboek mee willen nemen om onderweg een opdracht te kunnen doen, maar daar toch van afgezien om niet de kans te lopen dat anderen zouden zien waar hij mee bezig was. Hij zat op het bankje en trok aan de velletjes om zijn nagels. Bij de rand van zijn duimnagel welde een druppel bloed op, een speldenknopje. Hij zoog het op. Vervolgens staarde hij in de richting vanwaar de bus zou komen. In de wolkeloze hemel zocht hij de meeuwen, hij kon nergens een vogel ontdekken vandaag; alsof ze ook te moe waren om te vliegen.

Precies had hij het uitgezocht: de bus van vijftien over drie betekende aankomst in de stad om zes voor half vier, acht minuten lopen en hij was net na half vier bij het pastoraat waar de jongerenbijeenkomsten werden gehouden. Om kwart over drie kwam de bus inderdaad, minderde al vaart bij het naderen van de halte. Maar hij wuifde hem, zijn gezicht half afgewend, met een vaag gebaar weg en de bus trok weer op.

Ik neem de volgende, dacht hij, die komt om vijf voor half vier, dan ben ik om kwart voor vier op het plein, net tegen vieren daar, dus nog steeds op tijd. Hij legde zijn handen in zijn schoot, haakte de vingers in elkaar, ontwarde ze toen en volgde een poos het grillige patroon van schaduwen die hij met zijn eigen armen maakte op het door de zon beschenen wegdek.

Om vier voor half vier kwam de volgende bus. Nu stond hij wel op, maar nog voor de bus kon afremmen, had hij zich omgedraaid en was weggelopen. Een stukje van de bushalte vandaan bleef hij stilstaan, en tuurde naar de plek waar hij net had gezeten. 'Ik kan het niet,' fluisterde hij.

De bijeenkomst zou tot zes uur duren, wist hij. De bus terug vertrok om zeven over zes en was zes uur zesentwintig in het dorp. Dat betekende: om half zeven thuis. Tot die tijd dwaalde hij door de duinen, dit keer zonder de hond.

Hij dacht na over wat hij zou zeggen, straks, als zijn moeder onherroepelijk zou vragen hoe het geweest was. Voorzichtig, alsof er iets was wat hem tegenhield, probeerde hij het zich voor te stellen. Probeerde de woorden die hij had bedacht uit, vormde ze zacht prevelend met zijn lippen, ook al zei hij ze in zijn fantasie krachtig. Hij moest overtuigend klinken. 'Het was goed, mam', of 'interessant', of wat zei je wanneer je van zoiets terugkwam? Hij kon niks bedenken wat goed genoeg was. Het kwam erop neer dat hij niet goed was in liegen. En was dat niet ook een van zijn beste eigenschappen? Ook in de vragenlijst had hij dat ingevuld, bij 'het meest tevreden ben ik...' had hij, bedachtzaam en trots, geschreven: '...dat ik nooit lieg'.

Thuis trof hij zijn moeder aan in de keuken, waar ze was begonnen met het schillen van de aardappels. Ze zat op een kruk, de pan tussen haar benen, en haalde het mesje met korte, nerveuze halen naar zich toe. Haar gezicht leek verhit. Afwachtend maar ook gespannen keek ze hem aan. De hitte deed hem zweten en hij liep, nadat hij haar vluchtig had begroet, in een rechte lijn door naar de koelkast om daar een kan water uit te halen.

'Het was goed, hoor,' zei hij, terwijl hij met zijn rug naar haar toe stond en met gestrekte hals het water in zijn keelgat goot, 'het was goed.' Hij hoefde zich niet om te draaien om de uitdrukking op haar gezicht te zien, om te weten dat zij wist dat hij loog. Maar ook dat ze er niks van zou zeggen.

Toen Jonathan van onder de lakens naar buiten keek, zag hij dat lage wolken de grijze, sombere lucht verstikten. Zes uur. Voor het eerst was hij vergeten zijn wekkertje te zetten. Hij had er allang uit moeten zijn. Kreunend richtte hij zich op en ging op de rand van het bed zitten, de veren onder het matras piepten vermoeid en kraakten onder zijn gewicht. Een tijd zat hij stil en wreef met zijn knokkels over zijn oogleden, dwong zichzelf zijn blik te richten op wat hij zag, zijn klapstoel, het tafeltje, het aquarium, om zich ervan te overtuigen dat hij thuis was.

Hij had koortsachtig geslapen en had een fel realistische droom waarin het warme, naakte lichaam van het meisje onder hem lag. Hij zat in zijn cel en het meisje lag in zijn bed, terwijl ze langzaam in Betsy veranderde, en weer terug in zichzelf. Hij was verlamd, zijn spieren doorgesneden, en hij keek toe. Een toeschouwer. Hij zag zijn eigen hand, zijn vingers, hoe hij in haar kruis duwde, aan het elastiek van haar broekje rukte. Deed wat hij met Betsy nog net had kunnen voorkomen door zich haastig boven haar af te trekken, nog net zijn zaad opvangend in zijn shirt, haar gezicht van zich af duwend. Pas later zag hij dat hij daarbij met zijn ring haar kin had geschampt. En pas tegen de tijd dat hij zichzelf allang niet meer had kunnen stoppen, zag hij haar met tranen besmeurde gezicht. En had hij haar gehoord: 'Mama, ik wil naar mama.' En hij had 'sorry' gefluisterd. 'Sorry, sorry.' Met haar rug tegen een boom zat ze, ineengedoken met die vreemde kramp in haar gezicht.

Hij bleef minutenlang bewegingloos zitten. Achter zijn ogen voelde hij een flauwe, drukkende pijn. Na een tijdje draaide hij zijn hoofd opzij en zag dat het wekkertje bijna zeven over zes aanwees. Hij stond op en begon langzaam op en neer te lopen. Ik moet naar mijn werk, dacht hij, maar ik kom niet in beweging. Voor de bak bleef hij stilstaan en tuurde naar de vis die stil en doods in zijn aquarium hing. Al twee dagen bewoog hij nauwelijks meer, at vrijwel niets. Hij wist dat de zeelt bij hitte in apathie kon wegzakken, maar dit was zo ernstig dat hij zich grote zorgen begon te maken.

Hij ging naar de wc, deed een lange, onbevredigende plas, durfde zijn pik nauwelijks aan te raken en liep bezorgd naar beneden. Hij at een paar boterhammen, die hij in kleine, gelijke blokjes sneed, en dwong zichzelf naar zijn werk te gaan. Haast een uur te laat. Zich voorbereidend op een reprimande liep hij vlug, met gebogen rug, langs het kantoortje van zijn baas. Maar die zat druk te telefoneren en merkte hem niet eens op.

Hij sleepte zich door de ochtend en tijdens de lunchpauze dwaalde hij door de haven. Vandaag had hij de aandacht niet om te lezen. Het *Natuurblad* bleef in zijn tas. Hij liep langs de visafslag en na kort, rusteloos, te hebben gestaard naar de schepen, ging hij naar het dijkje achter de haven. Hier en daar lagen overblijfselen van de scheepvaart waar hij altijd graag naar keek. Maar vandaag zag alles er anders uit. Aan de horizon dreven vage nevels boven het water. Op de kade sporen van gemorste stookolie. Opgerold touw met drijvers die hem aankeken als ogen.

Hij zocht een plek uit waar hij, zonder dat iemand hem zou kunnen zien, zijn blik over het water en de paar vrachtschepen in de verte kon laten gaan, maar bijna onmiddellijk dacht hij weer aan haar. Hij zag haar vlees, jong, fris, de ongetwijfeld zachte plek waar de ronding van haar billen overging in de kuiltjes onder in haar rug. Hij probeerde het nog tegen te houden maar kreeg al haast op hetzelfde moment een stijve. Gespannen keek hij om zich heen. Zo kon hij niet terug naar zijn werk. Hij speurde de verlaten kade af. Dit was een noodgeval. Snel liep hij tot achter de visafslag waar het heftig naar afval rook. Hij leunde tegen het muurtje en trok zijn broek open. Met trillende handen haalde hij zijn pik eruit en sloot zijn ogen. Voor hij iets had kunnen veranderen aan het beeld in zijn hoofd, kwam hij klaar.

In zichzelf gekeerd liep hij terug naar zijn werk, te moe om kwaad te zijn op zichzelf. Het was zo heet dat de lucht maar beperkt geluiden doorliet. Hij hoorde zijn eigen ademhaling en het bloed in zijn slapen, en het leek alsof ook dat geluiden waren die van buiten hem kwamen.

In de loop van de middag zocht hij tussen de aantekeningen in zijn schrift naar het telefoonnummer van de therapiepraktijk die de psycholoog hem had gegeven. 'Voor mensen met hetzelfde soort problemen als jij. Je kunt er vrijwillig heen.' Dat was misschien het beste wat hij kon doen. Tegelijkertijd wist hij sterker dan ooit dat hij het nooit zou durven. Hij wachtte tot zijn moeder weer was ingedut.

Het kastje in de gang waar de telefoon op stond, verplaatste hij zo ver als de draad het toeliet. Een schijnvertoning, dacht hij ondertussen, en voor wie? Hij wist al dat hij niet zou gaan. Toch leek het belangrijk om in elk geval te doen alsof dit wel zo was, alsof hij iets of iemand anders ergens van moest overtuigen.

Voordat hij het nummer intoetste, bleef hij nog een tijd met het schrift in zijn hand voor de spiegel in de hal staan. Het gezicht waarnaar hij staarde was bleek en vermoeid. Vage schaduwen onder zijn oogkassen. Zijn huid was net zo droog aan het worden als die van zijn moeder. Er ontstonden dezelfde soorten krasjes bij zijn mondhoeken. In zijn blik probeerde hij iets te zien, antwoord te krijgen op vragen die hij voelde maar niet kon verwoorden. Het gezicht in de spiegel keek hem van heel ver weg aan. Hij kon er niet bij.

De telefoon ging drie keer over.

'Forensisch-psychiatrische kliniek De Waag, goedemiddag, kan ik u helpen?'

Hij zweeg, hoorde zijn eigen adem.

'Hallo? Hallo?'

's Avonds dreef de vis nog altijd eenzaam en versuft in het aquarium. Weer had hij niets gegeten. De snippers droogvoer dreven onaangeroerd in het water. Half in de modder weggezakt lag het dier met zijn rug naar hem toe gekeerd.

Misschien heb je de dingen toch niet goed gedaan, Jonathan, dacht hij. Er verstreken een paar seconden waarin hij ingespannen en tevergeefs wachtte op een beweging van het beest. 'Draai je nou eens om,' zei hij. Uiteindelijk draaide de vis zijn kop inderdaad een klein beetje zijn kant op maar keerde zich net zo snel weer terug, om vervolgens bewegingloos op zijn zij te blijven hangen. Gespannen liep Jonathan naar de andere kant van de bak en tikte met zijn nagel een aantal keer op het glas, probeerde zijn aandacht te trekken. Zonder resultaat.

In zijn hoofd zag hij het meisje voor zich staan, met die blik die ze had toen ze met hem alleen in zijn kamer zat. Zijn hand gleed langs de binnenkant van haar dij, hij schoof haar onderbroek opzij met zijn duim, ze bleef een beetje vaag lachend naar hem opkijken.

Hij snoof, stond op, greep zijn hoofd met beide handen vast, kneep zijn ogen dicht en probeerde zichzelf weg te denken van wat hij had gezien. Aan wat anders denken, nu. Zoom uit. Nu zag en voelde hij zichzelf. Hoe hij droop van top tot teen. Zijn vochtige laarzen, slappe handen, doorstoofde gedachten. Was dit het einde van de kracht die hij in zichzelf had gevoeld?

Nee, dat kon niet zo zijn, hij was beter dan dit. Hij moest zich richten op nieuwe dagregels. Meer rust inbouwen. Hij ging weer achter zijn tafeltje zitten, zijn hoofd bonkend van een drukkende pijn. De ventilator verplaatste lauwe lucht door de kamer.

Hij keek naar de hond die naast hem lag te hijgen. Zo nu en dan krabde hij met zijn achterpoot driftig over zijn vacht. Wat vlokken haar kwamen los en dreven richtingloos door de lucht die hen omringde. Hij snoof. Dieren hadden het makkelijk. Zij waren zoals ze waren. Ze gebruikten hun hersens alleen waar die voor waren bedoeld:

de omgeving leren kennen, inschatten van gevaar, de weg vinden. Ze maakten zich geen zorgen om vroeger of straks, over of ze wel goed genoeg waren, of ze genoeg waarde hadden om te mogen leven of dat ze moesten worden gestraft.

Weer kreeg hij jeuk. Verdomme. Hij kon de warmte nauwelijks nog verdragen. Wanneer hield het op? Het gloeide en brandde onder zijn oksels, in zijn hals, zijn kruis. Hij begon te krabben. Maar steeds wanneer de jeuk even was gestild, vlamde die ergens anders weer op. Hij trok met zijn schouders, duwde ze tegen de zitting van de stoel, schuurde langs het ruwe vlechtwerk.

Af en toe voelde hij, van heel ver weg, wat zinnen opkomen, maar voor hij ze kon opschrijven, vielen ze al uiteen. Een soort soep in zijn hoofd, met grote losse brokken die maar wat om elkaar heen zweefden. Hij zette de ventilator een stand hoger en probeerde het nog eens. Legde wat later een koud washandje op zijn voorhoofd, maar het lukte nog steeds niet. Hij bladerde naar het volgende item.

'Moed houden,' las hij. Als het niet lukte om je te ontspannen, kon het zijn dat je misschien niet hard genoeg werkte. Dat er toch nog belemmeringen waren in jezelf.

Opeens werd hij weer woedend. Als vanzelf scheurde zijn hand de bladzijde uit het werkboek, balde die tot een prop en smeet hem in de hoek van de kamer. Wat wist dat boek van wat hij meemaakte, van hoe hard hij werkte? Wat wisten ze van wie hij was? Hoe zou een methode die iemand anders had verzonnen en die hem niet kende, hem ooit kunnen helpen? Hij stond op, liep van zijn tafeltje naar zijn bed, ging languit op bed liggen maar was te kwaad en te verhit om te slapen. Met gebalde vuisten ging hij voor de bak zitten. Het water liep in straaltjes langs zijn wangen. De vis lag met zijn rug naar hem toe.

Na verloop van tijd stond hij op. In het washok spoelde hij zijn handen en polsen af, liet de waterstraal langs zijn wangen en hals lopen, maar binnen een mum van tijd was hij weer verhit. Het helpt niks, dacht hij, die hitte maakt me gek. Als die er niet zou zijn, zou alles beter gaan. Maar de hitte ging niet weg. En dan was er nog dat rumoer.

Van beneden klonk de hinderlijke stem van een tv-presentator. De televisiegeluiden drongen in verwaaide, vervaagde flarden door de wand. 'Nu of nooit, mensen. Grijp die kans. Test uw geluk.' Dat geluid, dat geluid moest weg. Hij duwde zijn kiezen op elkaar.

De stijf geworden wattenbolletjes duwde hij zo diep mogelijk zijn gehoorkanaal in, maar nog steeds kwam er af en toe een stemflard doorheen. Hij stond op, vulde een kan met water en dronk. Liet de koele vloeistof door zijn mondholte spoelen, langs de achterkant van zijn tanden, over het rauwe, zware van zijn tong, en wachtte tot het klokkend door zijn slokdarm trok. De golf van zijn misselijkheid rolde nu echt, eindelijk, heel langzaam, uit. Hij dacht aan haar en wachtte tot alles in zijn binnenste weer kabbelend glad en kalm was, als die woensdagmiddag. Hij ademde nog een paar keer diep in en uit. Daarna schroefde hij de dop van zijn pen, kauwde er even op, trok in zijn schrift een paar lijntjes met zijn liniaal en schreef onder elkaar zijn nieuwe regels:

Als ze komt, mag ze alleen komen als mijn moeder

slaapt.
Ze mag tot vier uur blijven, dan kunnen we samen voor de vis zorgen.
Ze mag net zo lang komen tot de vis beter is.
Als ze bang is, bescherm ik haar.

Hij wist niet precies hoe hij dit zou doen maar het leek hem te kloppen. Terwijl hij ingespannen zat te schrijven, voelde hij zich langzaam suf en slaperig worden. Het was zo licht. Naalden van zomerlicht kwamen door de gordijnen en vielen schuin in de kamer. Hij was doodmoe, alsof hij dagen achtereen in de fabriek had gewerkt, en voelde zich wegzakken in een lome slaap. Zijn hoofd werd zwaar en viel met een schok op zijn borst. Meteen schudde hij zichzelf wakker: kom op, man. Een moment moest hij zich inhouden niet met zijn vuist op de muur te slaan. Even, zei hij tegen zichzelf, kom op, nog even. Vooruit maar, zei hij daarna in gedachten, ga dan maar verder op bed. Met zijn rug tegen de muur werkte hij verder. Nog vijf goede zinnen. Nog vijf. Maar na drie begonnen zijn ogen te draaien en bij vier viel hij weg.

Hij werd wakker met het werkboek en schrift op zijn borst. Zijn kin op de pen. Zijn hals stijf. Automatisch begon hij daar met zijn duimen over zijn pijnlijke spieren te wrijven. Maar tegelijkertijd daalde hij, nog versuft, af naar zijn warme buik. Hij bevoelde zijn pik, nam hem in zijn hand en voelde dat hij al half stijf was en direct begon te groeien. Beelden ontstonden achter zijn gesloten ogen, doken op als de kuifjes van golven en verdwenen weer onder water. Het meisje. Hoe ze vol concentratie naar hem op had gekeken, met haar zachte mond, half open lippen. Steeds lichtten de beelden op en doofden weer. Hij kon ze laten bewegen, van zich af en naar hem toe. Ze bewogen soms heel dichtbij hem, soms verder weg, alsof hij ze zag dansen, sierlijk en vertraagd. Hij wachtte stil, alsof iets zich aan hem zou gaan openbaren. Een goedkeuring.

Langzaamaan ontstond er een zacht zoemen in zijn oren. Hij wist niet wat het was, maar de ruimte in hem was nu stil en uitgestrekt en niemand zag hem. Alles om hem heen en in hem leek op een onverklaarbare manier zo vriendelijk en onschuldig, alsof de wereld hem even goedgezind was. Hij zuchtte diep. Langzaamaan vervaagde dat wat hij had gezien en dreef hij bewegingloos rond in een grote, zacht trillende ruimte.

Dan opeens zag hij het badstof van haar broekje haar billen omvatten. Hij greep weer naar zijn stijve pik maar trok zijn hand, alsof hij zich had gebrand, terug. 'Hou op,' fluisterde hij tegen zichzelf, half slapend, 'niet doen.' Maar hij ging door. Zijn adem sleepte door zijn neusgaten. Zijn warme vingers volgden de gang van zijn gezwollen aderen. Hij begon in een traag tempo te trekken. Even, dacht hij. Even nog wat meer. Aan wat anders denken. Je hoofd leegmaken, alleen voelen hoe het is. Het was zo lekker. Nog wat meer. Zolang hij niet aan haar dacht, was het goed.

'Seks is normaal,' stond er in het werkboek, 'een normale drift.' Een manier om straks beter met zijn seksuele driften om te gaan was zijn seksuele fantasieën te trainen, was hem ook geleerd. Je moest ongewenste fantasieën vervangen door andere. Van vrouwen, volwassen vrouwen. Het was allemaal een kwestie van aanleren en afleren. Afleren. Of aanleren en vervangen. Hij herhaalde de woorden een paar keer in zijn hoofd en probeerde het. Maar hij kon geen enkel plaatje bedenken dat hem beviel en probeerde toen om nergens aan te denken. Gestaag nam zijn opwinding af.

Toch ging hij door. Het duurde lang, maar uiteindelijk lukte het hem om klaar te komen. Kort en onbevredigend. Daarna lag hij een tijdlang op zijn rug op bed, zijn ogen gesloten, en voelde het pompen van zijn hart, zijn borstkas zwaar ademend.

Hij bracht zijn vingers naar zijn mond en beet krachtig in de vingertoppen. Dit had je niet moeten doen, dacht hij, niet zo. Dit is niet goed. Niet goed genoeg. Maar, stelde hij zichzelf halfslachtig gerust, het was beter dan die middag. Toch moest het anders. Hij deed zijn ogen open en weer dicht. Hij was te moe om na te denken. Het voelde alsof hij iets goed moest maken bij haar, ook al was haar gezicht op het laatst niet meer dan een vage vlek in zijn verbeelding geweest, vlak voor hij kwam.

Ga naar het washok, dacht hij, ga naar de spiegel. 'Kijk naar jezelf,' fluisterde hij. Hij richtte zich een paar keer achter elkaar een beetje op, maar kon het bed niet uitkomen. Als je het niet doet, dreigde hij, maak je voor straf een extra oefening. Nog bleef hij liggen. Keek naar het wekkertje. Dertien voor tien. Om twaalf voor tien ga je. De wekker leek sneller te tikken. Om tien voor tien liet hij zich op de vloer zakken en ging naar het washok. Voor de spiegel dwong hij zichzelf recht in zijn gezicht te kijken en moest hij zich tegen de neiging verzetten tegen zichzelf te gaan schelden. Kom op! Met moeite sperde hij zijn ogen open en droeg zichzelf dwingend op een eed af te leggen. Met twee vingers in de lucht keek hij zichzelf aan. 'Nooit meer zal het gebeuren,' zei hij en rechtte zijn rug. 'Nooit meer.'

Wat later stond hij weer voor het raam, zette zijn handen op de vensterbank en duwde zijn voorhoofd tegen het glas. Zo staarde hij het geheimzinnige schemerdonker in. Een blauwe, verhullende gloed. Het leek onecht, als een scherm dat ergens voor geschoven was, en dat hij zo, met een ruk van zijn hand, kon wegtrekken. Daarachter, dacht hij, was de andere wereld. De gevangenis. Daar wil je toch niet naar terug? Hij probeerde de strenge, barse toon op te zetten die de officier van justitie had gehad. Denk toch aan hoe het was.

Hij probeerde het zich weer voor te stellen. Hoe hij 's nachts urenlang klaarwakker opgekruld op zijn zij op bed had gelegen. Stemmen aan de andere kant van de muur. Vuile pedo! Die aanval op zijn cel in de eerste week, drie man sterk, de trap tegen zijn kop, zijn nek die dubbelklapte, zijn voortanden door zijn lip. Maar het leek allemaal zo ver weg, alsof hij er door het verkeerde eind van een verrekijker naar keek. Nooit eerder was hij door een man aangeraakt, had hij die mannelijke geuren van zo dichtbij geroken, hun lichaamswarmte, hun woede. Maar de angst die hem daar in de greep had gekregen, bleef nu op afstand. Je moet contact krijgen met je lichaam, dacht hij, zo had de psycholoog dat genoemd. In je lijf komen. De ontspanningsoefeningen. Doe die oefeningen.

Hij strekte zich uit op zijn bed, languit op zijn rug, de handen opnieuw met de vingers in elkaar gehaakt op zijn buik. Sloot zijn ogen. 'In door je neus, zei hij in zichzelf, 'uit door je mond.' Hij herhaalde het tien keer. Maar zijn adem bleef hoog in zijn hals hangen, kwam maar niet tot rust. Nog eens. Nogmaals zoog hij de lucht zo langzaam als hij kon door zijn neusgaten naar binnen en hield hem vast, ondertussen zijn lies masserend waar hij zijn bloed voelde kloppen. Na een tijdje verscheen het meisje plotseling in zijn gedachten. Nu zat ze heel rustig in de hoek van de kamer en aaide de hond, zachtjes tegen hem pratend.

Onmiddellijk stroomde die vreemde, kalmerende vloeistof weer zijn hoofd binnen. En al voelde het goed, toch droeg hij zichzelf op haar weg te denken. Steunend draaide hij zijn hoofd over zijn kussen, heen en terug, duwde haar beeltenis naar de uiterste rand van zijn fantasie, maar net voor ze het duister in zou tuimelen, dacht hij haar terug. Kom maar. 'Kom maar,' nu hardop. In gedachten zette hij haar weer neer in de hoek van de kamer, zacht kletsend tegen Milk, de vis voerend. Hij zag haar rug. Nu verliet zijn adem in een lange, gelijkmatige stroom zijn mond. Uiteindelijk ging hij toch nog rustig naar bed.

Op zijn slippers liep Jonathan in loom tempo door de verlaten wijk, met de hond achter zich aan. De lucht was heiig en stoffig; meeuwen zweefden hoog en ver ergens naartoe, alles vertraagd en afgeremd door de hitte. Het water in de haven schitterde en klotste heel zacht tegen de kade. Het droeg afval met zich mee: kistjes, blikjes, touw. Zijn ogen deden pijn van al het licht, een pijn die zich uitzette in zijn voorhoofd. Het bleef maar heet, nu al zeventien dagen. Het kwik van de thermometer naast het keukenraam, boven de lege geraniumbak, stond vanochtend om kwart over zes al op 26 graden. Toen hij om half drie van zijn werk thuiskwam was het 34 graden. Hij had snel gedoucht en zijn overall verwisseld voor een korte broek.

Nu liep hij naar het pleintje. Hij dacht dat ze daar op de schommel zou zitten, en daar zat ze. Een van de kettingen was kapot en nu hing het plankje schuin. Hij liep door, kwam iets te dichtbij. In gedachten passeerde hij de lijn die hij altijd om haar heen trok, maar het kon hem op dat moment niet schelen. Hij liet zich geruststellen door haar gezicht. Ze lachte. Haar blik was van dezelfde lichtheid als altijd. Groot en belangstellend. Boven hen gleden wolken langzaam voorbij. Afwisselend schaduw, licht, schaduw op haar gezicht.

'Hoi,' zei ze. Ze had weer dat badstoffen sportbroekje aan. Met de half losgelaten plastic rand van een van haar teenslippers aaide ze door het gras. Verschroeide grasstengels zag hij, wat kiezels, zand en stugge distels die zich met een volhardende koppigheid oprichtten richting de zon. Altijd die haartjes in haar nek, licht als dons. Door de ene ketting liet ze zich in een schuine, wiebelige gang wiegen, met haar hand het plankje ondersteunend, in de andere hand hield ze het dierenboek waarin ze las. Haar lippen bewogen.

Even had hij nog overwogen rechtsomkeert te maken, via de achterzijde van het dorp de duinen in te schieten, maar hij wilde bij haar zitten. Hij keek om zich heen. Rondom het pleintje waren inmiddels alle huizen weg. Een lege, kale vlakte.

Hij nam plaats op het bankje, enkele meters van de schommel, een paar passen van haar vandaan. Dit is goed, dacht hij, hier kan ik rustig zitten. Hier kan ik kijken naar hoe ze leest. Haar kin ondersteund door haar vuist, zoals haar gewoonte was. Haar blik zo ver weg. Ze verdween altijd volledig in haar boek. Twee keer grinnikte ze om iets. Af en toe viel haar mond langzaam open en even traag sloot ze hem weer. Vandaag had ze een shirtje aan dat hij nog niet eerder had gezien, vaalgeel van kleur. Het zat krap; de stof spande onder haar oksels.

Ik kan de hele middag wel naar haar kijken, dacht hij, en naar het licht, de vlekken die het maakt op het grasveldje, de kleine schaduwen. Hier was het heel stil en met haar zo in zijn nabijheid was zelfs de stilte zachtjes en geheimzinnig.

'Heb je wat lekkers bij je?' vroeg ze na een tijdje.

'Misschien wel.' Opeens had hij zin om haar een beetje te plagen.

'Wat dan?'

Hij hield het zakje chips dat hij had meegenomen heel even omhoog en stopte het achter zijn rug.

'Wat is het?' hield ze aan.

'Kom maar kijken.'

Op haar dunne, door het broekje stakerig lijkende benen, kwam ze zijn kant oplopen. Haar staartje zat slordig, vastgebonden met een elastiek met grote plastic bollen. Steeds duwde ze er plukken losspringend haar in terug.

'Nou?' zei ze lachend, 'wat dan?' Ze sloeg haar armen om hem heen om zo het zakje te kunnen pakken. Een vlaag van haar geur. Verschrikt liet hij los.

Met een heel precieze, ontroerende voorzichtigheid trok ze het zakje met beide handen aan de bovenrand open. Een kort, scheurend geluid. Daarna begon ze te eten. Even snel als de vorige keer maar zonder te schrokken. Ze pakte de chipjes een voor een, tussen duim- en wijsvinger, uit het zakje. Ondertussen hurkte ze neer bij de hond, aaide zijn vacht en praatte zachtjes tegen hem. Hij probeerde het te verstaan, maar werd geen wijs uit haar gefluister. Hij schoof wat naar voren en luisterde beter. Nog steeds verstond hij haar niet.

'Getsie,' zei ze, het vel van haar voorhoofd samentrekkend, 'nu zijn mijn handen goor.' En als om na te gaan of het klopte, bracht ze haar handen met de palmen naar haar gezicht en rook eraan. Ze trok een vies gezicht.

'Geef maar,' zei hij en stak zijn hand uit. Zij legde het zakje erin, vanzelfsprekend, en een voor een voerde hij haar de chips. Het voelde alsof hij een dier voerde. Een klein, zacht dier, dacht hij, dat op zoek is. Er verstreken minuten die zich eindeloos leken te rekken.

'Duw je me?' vroeg ze toen ze klaar was met eten en met een paar korte haaltjes van haar tong haar lippen had schoongelikt.

Hij knikte, stond op, rekte zijn hals naar links en rechts, wachtte tot zijn wervels kraakten. De ketting viel losjes in zijn ene hand en met de andere ondersteunde hij de onderkant van de schommel. Zijn hand nu dicht bij haar billen. Zo wiegde hij haar zo goed en kwaad als het ging en richtte zijn blik op het licht dat in de verte tussen de huizen door viel. Niet naar haar kijken, niet naar haar nek kijken, te dichtbij. Boven het gras trilde een wolk vliegjes. Ergens ver weg klonk het ijle geluid van een scheepshoorn.

Het duwen duurde eindeloos. Ondertussen dacht hij voortdurend aan een oefening die hij zelf had ontdekt. Hij had gemerkt dat hij in zijn verbeelding een glaswand tussen zichzelf en de omgeving kon plaatsen. Dat hij alles wat er op hem afkwam dan minder voelde. Met half gesloten ogen, diepe zuchten uitblazend, zijn rug gespannen, probeerde hij de wand op te trekken. Het lukte maar half. Steeds wanneer hij in zijn gedachten het schot in stelling had gebracht, begon het glas te trillen, en langzaam, zacht bevend, uiteen te vloeien. Hij klemde zijn tanden op elkaar. Onder zijn handen neuriede het meisje een liedje.

Nog eens probeerde hij het en weer werd het glas vloeibaar en zakte smeltend ineen. Hij beet op zijn lip. Waarom lukt het me niet? Een paar dagen geleden ging het nog. In het weekend was het goed gegaan. Waarom lukt het niet meer?

Als om hem uit te testen, draaide ze haar hoofd half naar hem om en begon te praten. 'Mama denkt dat mijn vader ons op het spoor is. We gaan bijna weg.'

O, nee, dit maakte het nog veel erger. Nee, bonkte het in zijn hoofd, nee, dit kan ik nu niet aanhoren. Ik ben te moe, het is te warm, mijn ogen zijn gezwollen van de hitte. Dit niet. Uitzoomen, dacht hij, jezelf van een afstand bekijken. Dat was een andere methode. Kijk naar jezelf als in een film met een ver shot. Maar in zijn hoofd begon het te draaien. Zijn benen werden slap. Hou op, hou op.

'Papa vraagt of ik bij hem kom wonen, hij belde weer. Mama weet dat helemaal niet.'

Hij probeerde zijn spieren te ontspannen terwijl hij zijn ogen nog steeds half gesloten hield tegen de aanhoudende trilling van het licht.

Ze keek weer op.

Ga er niet op in, dacht hij, een gedachte die hij direct weer verwierp. Je moet juist wat zeggen tegen haar. Nu niet aan jezelf denken maar aan haar, het gaat om haar, dat het met haar goed gaat. Nu komt het erop aan, help haar. Praat met haar.

'Wat wil jij?' vroeg hij. Met kleine rukjes snoof hij lucht door zijn neus.

Ze haalde haar schouders op. 'Ik moet een beslissing nemen. Maar dat kan ik niet.' Ze sprong op van de schommel en liep naar de hond. Even was hij bang dat ze zou gaan huilen. Zag hij dat haar bovenlip trilde? Maar voor hij dat vast kon stellen, keek ze alweer weg, trok haar mond in een streep. Met een in zichzelf gekeerde blik schopte ze tegen een paar losse steentjes. De schommel gleed uit zijn handen. 'Als ze me vinden moet ik misschien wel, hoe heet het, naar een internaat. Papa vindt dat mama niet goed voor me zorgt.'

Je blijft hier, dacht hij. Hier blijf je. Bij mij. Opnieuw voelde hij zijn hart in zijn hals. De trillende slag. Hij vroeg: 'Zegt je vader dat?'

'Nee, ik zei toch dat hij wil dat ik bij hem kom. Maar mama zegt dat we niet lang meer moeten wachten. Dat we weg moeten. Jeugdzorg is aan het zoeken.'

Vanuit het niets begon er een vervelende piep te trillen in zijn hoofd. Een hand duwde van achter in zijn rug, wilde dat hij omviel, door zijn knieën zwikte. Vaster probeerde hij zijn voeten de grond in te duwen. Hij wilde wat zeggen over de club, misschien dat ze daar vrolijk van zou worden, zich veiliger zou voelen. Misschien dat het haar zou helpen. Maar hij wist niet wat. Zijn armen, die er net nog voor hadden gezorgd dat haar lichaam werd gewiegd, hingen nu slap langs zijn zij, de palmen van zijn handen naar boven gericht. Zijn handen leeg. Opeens voelde hij nu weer woede opkomen. Ondanks al die moeite. Ondanks alles.

Ze rekte zich naar de hond, die zich op zijn voorpoten half oprichtte, even voorovergebogen stond, zijn snuit trillend in de lucht en zich vervolgens, alsof hij zich bedacht, weer op de grond liet zakken. Zijn staartpuntje bewoog heel licht. Het meisje aaide zijn oren. Toen richtte ze zich nogmaals op en ging op de grond zitten. Ze zuchtte en begon driftig in haar schrift te schrijven.

Hij deed een paar stappen haar kant op, wilde dichterbij

komen, alsof daar het antwoord lag. Die grens was eigenlijk onzin, dacht hij, alsof hij zich op een meter van haar plotseling niet zou kunnen beheersen. Dat zou hij nog veranderen in zijn werkboek. Gedachteloos draaide hij zijn handen naar binnen en bedekte met zijn rechterhand zijn linkerpols als om iets te beschermen, alsof daar zijn kwetsbare punt lag.

Ze liet haar pen zakken, keek hem van onder haar te lange pony tersluiks en gespannen aan, haar onderlip wat naar voren. Na een tijdje vroeg ze zacht: 'Wil je me helpen?'

'Hoe bedoel je?'

'Nou, als je bij de club wil, moet je zweren dat je me altijd helpt.'

Hij knikte. Ja, hij wilde helpen. Hij wilde alles wel doen. Maar hij was ook zo moe. De stenen en het zand gloeiden en hij spande zijn hele lichaam aan om sterk genoeg te zijn.

'Je mag alleen lid zijn als je zweert dat je niemand vertelt waar we zitten.'

'Waarom zou ik dat vertellen?'

'Je moet het zweren.'

'Goed, ik zweer het.'

'Je moet het echt zweren.'

'Ik zweer het.'

'Doe het dan!'

'Hoe?'

'Je moet erbij spugen.'

Ze ging staan. 'Kijk zo.' Met een ernstig gezicht maakte ze een V van haar wijs- en middelvinger, hield de vingers voor haar mond en deed of ze spuugde.

'Oké.' Hij voelde zich belachelijk, hoe gedwee hij erin

meeging, maar hij deed het. Toen hij weer naar haar keek, was ze gaan zitten en lachte ze alweer een beetje.

'Kijk.' Ze wees op een tekening die ze in haar schrift had gemaakt met daarboven de naam diepslak. Er zat een spelfout in. 'Diepsslak' stond er. Gelukkig, dacht hij. Dat was een mooie onvolmaaktheid. Nog een. En even was het alsof hij zijn eigen onvolkomenheden zacht in haar gezicht weerspiegeld zag. Zijn spieren ontspanden zich wat.

'Wat betekent dat?'

'De naam van de club, joh.'

Voor hij kon reageren, was ze hem opnieuw voor. 'En als we verhuizen, moeten de clubleden die dat kunnen elkaar brieven sturen.'

Hij knikte, harder dan hij wilde, maar de gedachte dat ze weg zou gaan, dat hij haar alleen in brieven bij zich zou hebben, kon hij niet verdragen.

Terwijl ze doorpraatte over de club keek hij hoe haar voeten bewogen in haar slippers, hoe haar tenen zich kromden en ontspanden en hoe de stof van haar broekje zich strakker leek te trekken om haar dijbenen.

'Er zijn hier helemaal geen kinderen. Dus in de club komen alleen Tinca en Milk. En jij.'

Hij bukte zich. Peuterde een schelp uit het zachte, zanderige kuiltje tussen twee laatste straatstenen. Hij stak hem in zijn zak en klemde zijn hand om de schelp. Houvast. Plotseling had hij wel kunnen huilen. Hoe kon hij ooit iemand uitleggen hoe mooi ze was? Hoe hij zich voelde? Wat er was tussen hen?

'En kijk, dit zijn de eerste regels van de club!' Vanaf waar ze zat liet ze hem weer het schrift zien, waarvan de eerste paar pagina's waren volgeschreven. 'Wil je ze horen?'

Hij knikte. Natuurlijk wilde hij ze horen. Altijd wilde hij hier blijven zitten. De tijd zien verdwijnen, weglopend tussen de spleetjes van de straattegels. Maar hij zag op zijn horloge dat het laat werd. Bijna kwart voor vier. Toen hij van huis was gegaan was het pas drie uur geweest. Nu had de tijd hem weer ingehaald.

'Snel dan,' zei hij, en hij keek nogmaals op zijn horloge, 'ik moet zo weg.' Zijn hart klopte in zijn hals.

Op haar knieën kwam ze dichterbij gekropen en ging op nog geen meter afstand van hem zitten, wat van hem af gedraaid, om in zijn schaduw te komen. Ze ademde licht en keek hem onderzoekend aan, trots, dacht hij. Ze staarde naar haar eigen woorden, was even stil en begon nog een keer. 'Luister,' zei ze toen weer plechtig. Ze schraapte haar keel. 'De leden van de club moeten altijd lief zijn voor elkaar. Ze mogen nooit gemeen doen. Ze mogen elkaar niet duwen. Ze mogen nooit zeggen dat ze stinken. En als er spelletjes zijn, mag iedereen meedoen.' Ze keek naar hem op en vervolgde: 'Ze mogen ook niet vloeken, niet drinken en niet schreeuwen. En als ze slapen laten ze elkaar met rust. 's Nachts mogen ze niet in elkaars kamer komen.'

Toen ze klaar was met lezen, keek ze een hele tijd voor zich uit, op haar lip bijtend, haar voorhoofd gefronst. Hij voelde hoe de hitte hem omsingelde.

Hij kon niet bedenken of hij nu op moest staan of nog even moest wachten tot ze er weer helemaal ontspannen uitzag, de frons weg was. Hij verzette onbeholpen een paar keer zijn voeten en stond toen plotseling toch op. Het rommelde in zijn hoofd. Een donker, rollend geluid als verre donder.

'Blijf nou,' zei ze en stond ook op. Ze keek hem opnieuw zo aan. 'Ik weet niet wat ik moet doen. Ik wil bij mama zijn én bij papa. Maar ik wil ook bij jullie blijven. Ik wil niet weg.' Ze strekte haar nek, kantelde haar gezicht een beetje en keek naar hem op met ogen die opengesperd en licht waren.

Hij voelde zijn maag. Iets zakte weg in zijn hoofd. Niks, dacht hij. Er was niks wat hij voor haar kon doen. Hulpeloos. Hij keek naar hoe ze daar stond. Haar smalle schouders, heupen, dunne enkels. Alles van haar. Hij voelde zich trots dat hij samen met haar was, maar ook verdrietig. De huid van haar armen, een wat lichtere rand bij haar polsgewricht; daar moest een armbandje of horloge hebben gezeten. Dat was hem niet eerder opgevallen en dat vond hij erg.

Hij wilde weg, maar kreeg zichzelf niet in beweging. En kon hij haar wel zo achterlaten? Haar ogen, hij zag iets in haar ogen, het licht, een glinstering, het blinken van wat vochtigs. Maar misschien was het ook alleen maar de hitte op het pleintje. De namiddaghitte, die tropische, ondraaglijke hitte.

'Ik moet gaan, meisje,' zei hij en hoorde hoe vreemd zijn eigen stem klonk.

'Nou, dat vind ik niet leuk.' Ze trok een verongelijkt gezicht, pruilde. Ze stond nu ook op en wiebelde van haar ene been op het andere.

'Ik moet koken,' zei hij. 'Voor mijn moeder. En de vis moet eten. En Milk. Kom, Milkie.' Zijn gespannen vingers ploegden door het hondenhaar, dat in slappe plukken over zijn ogen en snuit viel. 'Kom, we gaan.' Hij lachte een gepijnigde lach: 'Maar we zien elkaar morgen weer, hè? Zo snel gaat dat allemaal niet hoor, weggaan, zul je zien.'

Nu kwam ze recht op hem af en hij hield zijn adem in, hield de lucht vast in zijn borst. Ze hief haar hand en raakte hem heel kort aan, bij zijn schouder. Hij slikte. Het was naast zijn borstbeen, net onder de kraag van zijn overhemd waarvan de punt van de stof stug was, niet zo heel ver van het bot in zijn keel dat nu in de weg zat bij het slikken, het bot waarvan hij de naam niet wist en nooit zou weten. Ze legde de rug van haar hand even tegen de punt van zijn kraag en trok die met een korte, snelle beweging recht, alsof hij het kind was en niet zij, en ze zei: 'Ik vind jou lief. Ik vind jou écht hééééél lief.'

Thuis vluchtte hij het washok in, trok zijn ceintuur los en wrong zijn hand zijn broek in. Kwaad begon hij te trekken en te knijpen, hard te knijpen. Hij kneep tot hij het niet meer uithield van de pijn. Zijn vingers gleden daarna tastend langs zijn huid, hij omvatte zichzelf. Zachtjes begon hij te trekken, en even deed hij wat hij het liefste wilde maar kort daarna trok hij zijn hand terug. En opnieuw het knijpen, nog harder, nog kwader. Dan aaide hij weer, streelde, kneep. Steeds opnieuw. Hij wilde het en hij wilde het niet. Hij rukte en rukte harder. Zette nagels in zijn vel. Zag haar zoals ze daar net zat. De achterkant van haar hals, haar dijen, volmaakt, de schaduw in haar knieholtes, de randen van haar broekje tegen haar huid. Zijn pik was zo hard nu. Een deel van hem trachtte het nog steeds tegen te houden. Maar zijn handen bewogen vanzelf, steeds sneller. Dan vertraagde hij weer, wilde niet verder, maar kon niet anders. Al zijn spieren spanden zich. Hij sloot zijn ogen, vocht achter zijn oogleden. Klootzak, zei hij, waarom ben je zo'n klootzak? De tranen prikten. Maar het moest gebeuren, het kon niet anders. Nogmaals versnelde hij zijn handbewegingen, verstrakte zijn kaak, hield zich met zijn linkerhand vast aan de rand van de wastafel. Opeens kwam het toch nog sneller dan verwacht. Beelden van haar. Haar half geopende mond, de vlek in haar broekje. Een warme gloed vanuit het onderste van zijn ruggenmerg in een rechte lijn naar boven, hij kneep zijn ogen dicht, schokte een paar maal en liet zich daarna op de grond ineen zakken. Hij voelde de tranen komen.

Lang bleef hij zo zitten, zijn rug tegen de muur, in elkaar gezakt met zijn eigen nattigheid aan zijn handen en een gevoel van hulpeloosheid zoals hij dat nog nooit eerder had ervaren. Ogen gesloten. Niet goed, kon hij alleen maar denken. Dit was niet goed. Dit was helemaal niet goed. Hij dacht aan de ontspanningsoefening en aan die oefeningen over beschermende factoren, spanningsopbouw. Hij had ze zo trouw gedaan. Al die uren.

Een spiertje in zijn onderkaak begon te trillen, hij probeerde te kalmeren, schoof zijn kaakgewricht wat naar voren. De tranen duwden harder, maar hij liet ze niet toe. Met zijn mouw veegde hij ze weg uit zijn ooghoeken. Niet mislukt, dacht hij. Het was niet mislukt.

Hij moest zichzelf moed inspreken. Seks was normaal, begon hij weer tegen zichzelf, de beelden moesten alleen vervangen, afleren, vervangen en...

Maar hij kon zijn gedachten moeilijk volgen, hij kon zich niet alles herinneren en zijn lijf was zo zwaar. Hij trok zijn benen op, legde zijn armen om zijn knieën en liet zich een beetje opzij zakken, zijn hoofd tegen de onderrand van de wastafel. Rustig maar, rustig maar. Zijn knokkels duwden tegen zijn oogkassen. Rustig. Je moet gewoon even je gedachten ordenen, jongen. Het komt goed. Je hebt haar niks aangedaan, dat ga je ook niet doen. Ze weet van niks. Ze is onschuldig, ze blijft onschuldig. Hij zag haar ogen, haar irissen.

'Jo!' riep zijn moeder van beneden. 'Jo! Oehoe!'

Nee, zei hij zacht in zichzelf. 'Nee,' fluisterde hij. 'Niet nu.' Hij moest alleen zijn, in zijn schrift schrijven, overdenken wat er was gebeurd.

'Jo!' riep ze nog eens, wat harder.

Alles weg, dacht hij. Kon alles om hem heen, in hemzelf, maar verdwijnen. Wegzakken in dat gat dat hij zo vaak in zijn gedachten vond.

'Jo!' Ze riep weer, geïrriteerd nu. 'Weet je hoe laat het is?'

Als hij nou gewoon niet reageerde? Hij had even de gedachte dat zolang hij zijn ogen dicht hield, de rest van de wereld er niet was. Dat hij hier gewoon kon blijven zitten, zijn armen om zijn knieën, zijn vingers in elkaar gevouwen, ogen gesloten, en kon wachten tot hij uit elkaar zou vallen. Dat zou niet lang meer duren. In zijn hoofd was het al begonnen.

'Jo, schiet 's op!'

'Ja, ik kom,' zei hij nu, maar zo zacht dat hij wist dat ze hem niet kon verstaan.

Ze was de woonkamer uit gelopen en stond nu onder aan de trap in de gang. Haar stem was te dichtbij.

'Ik kom zo,' riep hij, ditmaal hard genoeg. Met de achterkant van zijn hand wreef hij een tijd in zijn ogen, alsof hij zo zijn gedachten weg kon vegen, stond op en waste zijn handen langdurig en grondig, zijn gezicht afgewend van de spiegel. Nu zijn geilheid verdwenen was, was alles anders. Hij vond het meisje weer alleen maar lief en dacht aan haar jongemeisjesgezicht. Aan hoe ze vroeg om chippies, de tj, dat geluid net zo kort en droog als wanneer hij de chips hoorde breken tussen haar kiezen. Hoe ze praatte. 'Tinca, tinca.' Ze zei het altijd twee keer. Het rinkelde. Hij dacht aan hoe ze wegliep, dat onhandige paardenstaartje, dierenboek in haar ene hand, schrift en pen in de andere.

Maagpijn, voelde hij plots, hij had maagpijn. En hij moest naar beneden, anders zou zijn moeder zo weer komen roepen.

Sta op, dacht hij, kom op. Sukkel. Je kan het niet helpen. Je bent een sukkel. Maar maak het goed. Je moet koken, schoonmaken, met Milk lopen. Vroeg naar bed. Een extra oefening doen, of twee. Drie. Herhalen. Alle oefeningen herhalen. Op zijn ellebogen steunend duwde hij zichzelf overeind.

Afwezig prakte hij wat aardappels en jus door elkaar. Een hele poos al was het stil. Het was tien over zeven en nog steeds zaten ze aan tafel.

Hij voelde zijn moeder naar hem kijken. Af en toe liet ze haar bestek rusten op de rand van haar bord en probeerde haar blik in die van hem te boren. Hij ontweek haar en keek naar zijn eten alsof het hem niet aanging, alsof hij overal buiten stond, nergens meer wat mee te maken had.

'Jongen, luister je wel?'

Even haalde de stem van zijn moeder hem uit de vormloze, troebele gedachten waarin hij was weggezonken en hij draaide zijn hoofd in haar richting.

'Je redt het zo niet.'

'Wat bedoel je?'

'De verhuizing, het is over vijf dagen, je hebt al een paar dagen niets ingepakt.' Ze schudde haar hoofd, beet op haar lippen, depte haar oogleden droog met haar servet en praatte verder. 'Als je maar weet dat ik hier niet blijf zitten. Ik ben vreselijk benauwd.' Om haar woorden te onderstrepen, haalde ze diep maar moeizaam adem. Met half toegeknepen ogen keek ze naar hem.'Desnoods betaal ik iemand om me te helpen pakken, snap je, we gaan hoe dan ook weg.'

Zonder zijn hoofd op te heffen knikte hij. Hij merkte nauwelijks hoe hij met zijn vork tegen een barst in de rand van zijn bord duwde. De tanden van de vork volgden als vanzelf de ribbelige randen, schuurden er stenig gruis vanaf.

'En zit niet zo te krassen.'

De onzinnige hoop dat er ergens nog iets of iemand was, die hem kon vertellen wat hij moest doen, hem een teken zou kunnen geven, had hem volledig in de greep. Die vulde zijn hoofd van onder tot boven. Moest hij toch die psycholoog bellen? Zou die hem kunnen helpen? Of zou het alles erger maken? Hij had daar wel vaker over gehoord. Dat ze hoorden aan je stem dat er iets niet goed zat, langskwamen, of de Reclassering op je af stuurden. Moest hij het meisje, dat de afgelopen dagen al een paar keer aan de deur was geweest, niet meer binnenlaten? Dat leek geen mogelijkheid meer. Zonder haar kon hij zich de dagen niet eens meer voorstellen.

Met alle macht die hij in zich had probeerde hij zijn gedachten te ontwarren en een ruimte te scheppen waarin hij zinnen kon samenstellen, zijn moeder kon antwoorden.

Maar plotseling duwde ze haar bord van zich af en keek hem met grote opengesperde ogen aan, haar neusvleugels licht trillend. 'Laat dat kind niet meer binnen en richt je op wat je moet doen, jongen. Als je zo doorgaat, laat je me geen keus.'

Nu keek hij op, verschrikt. Nee, dit gebeurt niet, was het enige wat hij kon denken. Dit is niet aan het gebeuren. Dat kan niet. Niet mijn moeder. Zij staat aan mijn kant. Ze zou me nooit aangeven, ze zou me nooit verraden.

'Ik wil je zien zoals ik je altijd heb gezien, als mijn lieve jongen, maar ik weet niet of dat nog lukt.'

Op dat moment blafte de hond en richtte zich op zijn hoge, onvaste poten bevend op. Hij stond even en zwikte toen wat door zijn enkels, strekte zich weer. Jonathan keek naar hem, naar zijn dunne nek, zijn rug, de krassen in zijn vacht. Beetwonden waar hij zich had gekrabd; hij was bezaaid met die plekken, zag hij nu pas en hij schrok ervan. Het vreemde was dat wat hij hier voor zijn ogen zag veel echter leek dan wat zijn moeder had gezegd. De hond liet zich langzaam op de grond zakken en piepte zachtjes. Het deed hem denken aan de vis die boven stil en halfdood in het water zweefde en nog steeds vrijwel niks had gegeten. De lijn van zijn gewicht was onder de twee pond gedaald, nog even en hij was dood.

Nog altijd zei Jonathan niets en keek naar zijn bord. Zijn

maag voelde nog net zo leeg als voor het eten. Maar hij moest naar boven, en wel meteen. Toen hij het aankondigde, keek zijn moeder hem alleen maar aan en zei niks.

Hij trok zich terug op zijn kamer, sloot de gordijnen, ging op het smalle bed liggen zonder het laken over zich heen te trekken. De ventilator die de warme lucht verplaatste, en hij dacht weer aan het meisje, haar gezicht was zo klein en vertrouwd, ze leek op dit moment vertrouwder dan wat ook in dit huis, meer dan zijn eigen moeder. Hij verlangde naar haar aanwezigheid, zij zou hem rustig maken. Vlug stond hij op en keek door de spleet tussen de gordijnen, maar het plaatsje was leeg.

Hij liet zich op de grond zakken. Een hele tijd zat hij naar het water in het aquarium te kijken, zich afvragend wat hij moest doen. Of het zijn plicht was de vis terug te brengen naar het meertje. Hij kon nauwelijks nog naar hem kijken, zo slecht zag hij eruit, en het was zijn schuld dat hij hier, in deze krappe ruimte, leefde.

Toch was het allemaal zo onbegrijpelijk en zo moeilijk te beslissen wat hij moest doen. Natuurlijk, het was zijn schuld dat de vis hier in het water hing, maar de eerste keer dat hij het beest had gezien was het ook al zwak geweest. Zeker was dat hij het in de natuur, zonder zijn hulp, niet had overleefd. Hij keek of hij nog wat leven kon ontdekken in de vinnen en de staart maar er was niets meer wat nog kracht uitstraalde. Uit alle macht probeerde hij te begrijpen wat er was gebeurd, maar in zijn hoofd was alleen plaats voor de onverzettelijkheid van één gedachte. Hij kon het dier niet terugbrengen. Op een vreemde manier voelde hij dat heel sterk. Alsof zij samen voor iets stonden wat ze ook gezamenlijk tot een goed einde moesten brengen. Alsof zijn lot niet alleen verbonden was met dat van het beest, maar zij ook een band hadden die stond voor iets groters, iets ontzagwekkends wat hij niet goed begreep.

Die nacht sliep hij amper en de volgende ochtend kon hij het gevoel dat het allemaal de verkeerde kant op ging niet van zich afschudden. Hij had nauwelijks een oog dichtgedaan en halverwege de nacht besloten een dag werk over te slaan, zich ziek te melden. Tot ver na drieën had hij over het werkboek gebogen gezeten en steeds maar geprobeerd de woorden tot zich door te laten dringen. Om half zeven was hij wakker geworden van het licht. Dinsdag. De lucht weer eens in lichterlaaie. De vis hing voor dood in het modderige water. Gespannen keek hij op de thermometer: 33 graden. En het was vochtiger dan ooit. Bij het inademen schroeide en verdroogde de lucht zijn keel.

'Hé!' Hij stond voor het glas en tikte er met zijn nagel tegenaan. 'Hé! Verman je.'

De vis had niks gegeten van het droge voer dat hij hem gisteravond had gevoerd; het lag als prut op de bodem. Hij tilde hem uit het water en woog het dier, dat zich lijdzaam in de emmer aan de weeghaak liet glijden. Niet meer dan 975 gram. Hij deed hem terug in de bak en een tijd bleef hij zitten piekeren. Daarna voerde hij de vis brood en brokjes van Milk, die hij eerst klein sneed, maar het dier at niks.

Toen hij klaar was met het verversen van het aquarium met koud water en wat algen uit de naden had gekrabd, wilde hij beneden in de bijkeuken wat maïs voor de vis koken, maar zijn moeder zat daar geknield op een kleedje voor het Mariabeeld te bidden. Daarom haastte hij zich terug naar boven en ging weer voor de bak zitten en keek in het ijlbleke licht. Vervolgens stond hij op en wierp een blik in de tuin van het meisje. Morgen. Hij moest haar binnen laten, nog een keer.

In zijn ondergoed en op slippers ging hij terug naar beneden. Zijn moeder lag op de bank en sliep weer; een zacht, droog gesnurk klonk op uit haar keel. In de bijkeuken kookte hij wat maïs en bracht het naar boven. Met wat leek op een grote krachtinspanning werkte de vis zich langzaam naar het wateroppervlak, hapte daar naar de maïs maar liet zich haast onmiddellijk terug de diepte in zakken. Op zijn knieën ging Jonathan voor het glas zitten en wachtte.

Alsof het onderdeel was van een onheilspellend plan om hem klein te krijgen vond hij aan het begin van de middag de brief van Justitie waar hij al die tijd voor had gevreesd. De zaak werd heropend, las hij. Hij begreep iets over gegronde redenen om het onderzoek te hervatten, maar nog voor hij de hele tekst had gelezen, verfrommelde hij de brief in zijn rechtervuist.

Hij kon er niet aan denken. In de gang zakte hij ineen en verscheurde het papier in zo klein mogelijke stukjes, veegde de snippers met twee handen bij elkaar, hoopte ze opeen tot ze een keurig bergje vormden. Confetti, dacht hij. Een feestbergje. Al was er geen enkele reden voor feest. Integendeel, deze brief kondigde het einde van zijn leven aan. Drie passen heen van tafel tot deur, drie passen terug, een raam, een dichte deur, de angst. Hij zat nog steeds gehurkt in de gang, met zijn rug tegen de muur. Gestaag voelde hij zijn hart doorslaan en probeerde na te denken.

Ergens in hem was nog een deel dat wilde handelen, dat zijn advocaat wilde bellen of iets anders doen. Maar er had zich ook een mist in zijn hoofd gevormd waardoor hij er haast niet meer bij kon. 'Bel hem dan,' mompelde hij en dacht aan de blauwe das van zijn advocaat, 'bel hem, schakel toch hulp in, sukkel.'

Er was een afschrift van de brief naar zijn advocaat gegaan, die zou de zaak onmiddellijk voorbereiden, oplossingen zoeken en vinden. Toch? Dat zou hij toch doen? Maar hij kon zijn benen niet aanzetten tot lopen.

Uiteindelijk ging hij naar boven en greep naar het werkboek dat op een paar plekken uit de band was gescheurd. Bladerde. Tussen losse briefjes met aantekeningen, geheugensteuntjes, de doorgekraste spanningsgrafiek, zocht hij naar het nummer van zijn advocaat. Maar nog voor hij het had gevonden, liet hij het werkboek alweer zakken, in zijn schoot. Het had geen zin.

Het was voorbij. Het voelde alsof alles zich al had voltrokken. Vanuit de gang die naar zijn celblok leidde klonken voetstappen op, afkomstig van grote, potige mannen. Ze waren nu met vier, of vijf. En ze kwamen namens meer. Ze kwamen namens de hele afdeling, de hele kliniek.

Jonathan duwde zijn vingers in zijn oren en deed zijn hoofd tussen zijn knieën, want het lawaai, de dreiging kwam almaar dichterbij. Alles drong zich opeens met een vreselijke angstaanjagendheid aan hem op, de wereld sloot hem in. Iemand had zijn handen om zijn keel en drukte.

'Ssst, mijn moeder slaapt,' zei hij en knikte samenzweerderig naar haar. Hij zag dat ze het schrift weer onder haar arm geklemd had. 'Ga maar zitten.'

Hij liep naar het washok om de weegklok te pakken. De vis moest gewogen worden; ook al wist hij dat het gewicht hetzelfde zou zijn als vanochtend, toch wilde hij het opnieuw doen. Terug in zijn kamer stond ze bij het aquarium. Waarom was ze niet gaan zitten? Hij begon aan de weegklok te prutsen en voelde dat ze naar hem keek, hinkend van het ene op het andere been, toen liep ze achter hem aan. Hij droeg de door kleine druppeltjes glanzende vis naar de weegschaal, die doorboog tot 975 gram. Snel kamde hij met zijn vingers een paar keer door zijn haar en probeerde kalm te blijven. Sukkel, zei hij in zichzelf, wat had je dan verwacht?

Wat was er toch met het beest aan de hand? Was het alleen de hitte, was hij ziek? Hij pakte de vis beet en volgde nauwkeurig met zijn wijsvinger en duim de schubben van het dier, op zoek naar pukkels of oneffenheden. Hij trok zijn lip weg om in zijn bek te kijken. Maar hij zag alleen het roze, vochtige vlees, niks bijzonders. Al die tijd zag hij uit zijn ooghoeken het kind naast hem staan, zijn bewegingen volgend. Ze was onrustig, hij kon haar vandaag niet goed verdragen.

Toen hij de vis terug in het water had gelaten noteerde hij opnieuw het gewicht. De lijn van de gewichtsgrafiek was al dagen aan het dalen en naderde het punt van ernstig ondergewicht. Op de tegenoverliggende bladzijde zag hij dat hij zijn eigen grafiek, de spanningsgrafiek, al dagen niet meer had ingevuld. De laatste keer, drie dagen geleden, stond de grafiek op 9, het een na hoogste punt. Hij wilde er niet naar kijken en begreep niet waarom die lijn maar niet terugliep.

'Wat gaan we nu doen?' vroeg het meisje, even nieuwsgierig als ongerust.

'Ik ben zo klaar, ga maar zitten.' Opnieuw keek hij naar haar. Ze stond nog steeds te wiebelen. Ze moest rustig zijn, doen wat hij vroeg. 'Ik moet even wat halen,' hij probeerde strenger te klinken, 'ga nou zitten.'

Stilletjes liep hij naar beneden, zijn moeder sliep nog altijd. Hij maakte een kan met ijswater en goot het boven voorzichtig, scheutje voor scheutje, in de bak tot het water precies 23 graden was. 'Anders is het veel te warm voor jou, hè, vriend?' fluisterde hij. De vis zwiepte met zijn staart alsof hij antwoord gaf. Toen liet hij zich weer richting de modder zakken.

Zich steeds bewust van de aanwezigheid van het kind, stond Jonathan boven de bak te piekeren over de vis en hoe dat nu verder moest. Het meisje was even gaan zitten maar weer opgestaan en stond vlak achter hem toen ze begon te praten. Hij voelde zijn woede opvlammen. Niet nu, nu moet het stil zijn.

'We moeten morgen slakjes halen.'

'Ga zitten,' herhaalde hij en zei: 'geef hem eerst nog wat maïs.' En daarna: 'Voor jou heb ik chips.'

Eindelijk deed ze wat hij vroeg. Ze knikte ernstig. Hij gaf haar het voer en de chips en voelde even haar hand, klein en droog. Daarna veegde hij zijn eigen handen langdurig af aan de poetsdoek en deed een paar stappen van haar vandaan, voor hij zich naar haar terugdraaide.

In kleermakerszit zat ze voor de bak, haar voorhoofd gefronst. Haar ogen leken waterig. Had ze gehuild? 'Geef Tinca nog maar wat,' moedigde hij haar aan en lachte even halfslachtig naar haar. Ze pakte wat korrels uit het bakje en strooide ze uit over het water terwijl ze fluisterde tegen de vis.

Samen wachtten ze een hele tijd in stilte, tot de zeelt zou gaan eten. Maar hij bleef roerloos een aantal centimeter boven de bodem hangen.

'We gaan weg,' zei ze opeens, 'morgen.'

Zijn vingers kromden zich. Hij wilde doen alsof hij het niet had gehoord, het buitensluiten, probeerde weer een scherm in zijn hoofd op te trekken waar haar woorden tegen zouden af ketsen, maar het was te laat.

'Hoe bedoel je?'

'Mama zegt dat hij weet waar we zitten, dus we moeten weg.'

De pijn was terug en trok in zijn maag. Maar deze pijn was anders en zette uit naar zijn borst en maakte zijn keel week, alsof het kraakbeen daar verzwakte. Hij slikte een paar keer in een poging het gevoel kwijt te raken, maar nu was het alsof er een graat vastzat achter zijn huig. Zijn traanbuisjes vulden zich. Hij deed zijn ogen dicht, kuchte een paar keer en voelde dat er iets in zijn hals begon te trillen.

'Wanneer?' Zijn stem klonk huilerig, verstikt. Klootzak, dacht hij, wees verdomme een vent.

Zij wendde zich een moment af, stond toen op en kwam naar hem toe lopen. 'Ik wil niet weg, ik wil bij jou blijven.'

Hij deed een stap van haar af, ging op zijn stoel zitten en

voor hij wist wat er gebeurde, liet zij zich met haar rug naar hem toe op de grond zakken en zat pal voor hem, op nog geen armlengte afstand. Ze trok het zakje chips open en hij keek naar haar, zo dichtbij. Hele kleine rode vlekjes net onder haar haargrens.

Plotseling voelde hij een peilloos verdriet. Over dat zij wegging, dat hij maar nergens van wegkwam. Terwijl hij net bijna een goede manier had gevonden om met haar om te gaan. Hij begreep het allemaal niet, en alles draaide, het leek alsof iemand met snelle rukjes het tapijt van onder zijn slippers weg begon te trekken. Hij dreigde voorover te vallen.

Ze zat op de grond en at de chips met een paar tegelijk. Hij keek hoe ze at, keek naar iedere beweging die ze maakte. Toen het bakje haast leeg was, maakte ze de topjes van haar wijs- en middelvinger nat en dipte alle kruimels op. Toen draaide ze zich een halve slag om, kroop op haar knieën nog wat zijn kant op en liet zich met haar rug tegen zijn benen aan zakken. Hij hoorde haar kauwen, slikken.

Wegduwen, dacht hij, duw haar weg, duw haar weg. Maar hij deed het niet. Vlak onder hem zag hij, nadat hij een tijdje verward achter haar had gezeten, hoe de lijn van de haarinplant keurig recht onder haar staartje liep, met onderaan dat hele lichte dons. Gespannen volgde hij de ademhaling onder haar shirt. Zo dichtbij was ze nog nooit geweest. Zijn hart bonkte in zijn borst. Haar oor was ook heel vlakbij. Hij hoefde zijn hand maar uit te strekken en hij kon met zijn wijsvinger de lijn van de oorschelp volgen. In zijn hele lichaam trilde het, zijn rug was kletsnat. Achter in de kamer klonk het vermoeide kraken van de ventilator.

Ze zuchtte alweer. Zo op haar eigen manier. Op de manier die hij zo mooi vond. 'Zal ik een verhaaltje voorlezen dat ik heb geschreven?' Haar stem was zacht. Langzaam draaide ze haar hoofd zijn kant op.

'Ik denk dat je naar huis moet.'

Ze reageerde er niet op.

Zonder dat hij zichzelf toestemming had gegeven, boog hij zich verder naar haar toe terwijl zij het schrift oppakte; een haast vervlogen zeepjesgeur kwam op hem af. Zijn lijf reageerde onmiddellijk: een gevoel dat zich een weg brandde naar een plek diep in zijn buik. Zijn pik harder dan ooit. Zijn keel kneep zich samen. Met gesloten ogen volgde hij haar diepe ademhaling. Onder zijn shirt ging zijn hart tekeer.

Je moet weg, je moet weg, bonkte het in zijn hoofd. Hij duwde haar even, heel voorzichtig, wat van zich af maar ze gaf niet mee. Onbeweeglijk bleef ze zitten, zonder haar ogen van de bladzijden af te wenden. In zichzelf prevelde ze de woorden die ze zo zou gaan voorlezen.

'Er was eens een meisje,' begon ze, maar de woorden die volgden drongen niet tot hem door. Hij bekeek haar blote voet in haar slipper. Als hij zich nu op de grond liet zakken en een beetje opschoof zou hij haar tegen de zijkant van zijn spijkerbroek voelen, lichtjes tegen hem aan. Achter de stof groeide zijn stijve.

'En het meisje had ook een club,' hoorde hij haar zeggen. 'Daar wilde ze altijd in blijven. Iedereen in de club was heel lief.'

Zijn handen trilden zo erg dat hij ze niet stil kon houden, hij klemde ze vast onder de zitting van zijn stoel. Onder zijn shirt baadde hij in het vocht. Zijn moeder zou zo wakker worden. Ze moest weg. Alles raakte in de war, het dagschema. En terwijl hij dat dacht, zag hij haar opstaan. Ze liep naar zijn bed waar zijn werkboek half onder zijn kussen was geschoven. Ze strekte haar hand ernaar uit. 'Heb jij ook een verhaaltje?'

'Hé, daar moet je niet aan zitten.'

Ze deed het toch.

'Blijf daar eens af!'

Hij liep op haar af. Hij voelde dat hij haar pijn wilde doen.

Ze hield het boek vast achter haar rug en keek hem aan met een blik die hij niet goed kon thuisbrengen.

'We moeten morgenvroeg naar de meertjes.'

'Geef dat eens terug.'

'Mijn moeder hoeft het niet te weten. Die werkt tot laat in het café, en dan slaapt ze uit. We gaan toch pas 's middags weg.'

Hij reikte langs haar om het boek te pakken maar ze deed een stap van hem vandaan. Ze was duidelijk niet van plan ergens heen te gaan. Op hetzelfde moment zag hij in gedachten hoe hij haar met een stoot van zijn arm op de grond duwde en daar vasthield.

'Het is zo heet, misschien kan ik in het meertje pootjebaden. Dan moet je wel bij me blijven, hè, want ik kan niet zwemmen.'

In zijn hoofd zag hij hoe hij haar met één hand op de grond zou houden; met de andere trok hij haar broekje en onderbroek langs haar dijbenen naar beneden. Het was niet tegen te houden.

Plotseling gooide ze het boek met een korte worp terug

op zijn bed. Daarna trok ze haar staartje uit. Ze was net bezig, met het elastiekje in haar mond, haar haar weer bijeen te binden, toen hij haar bij haar arm vastgreep. 'Je moet nu weg.'

'Hé, je doet me pijn!'

Ze draaide zich naar hem toe en keek hem aan. Haar ogen waren even groot en helder als altijd. Het koperkleurige vlekje dat erin dreef was een scherfje glas dat het licht ving. Door het raam viel het zonlicht nu nog mooier op haar gezicht, op haar wangen en hals.

Wat later zat hij aan zijn tafeltje, nam zijn werkboek op en staarde naar de krasserige lijnen die hij gisteravond onder zijn opdrachten had gezet, naar de spanningsgrafiek. Ooit had hij er een systeem in gezien. Hoe had hij kunnen geloven dat die opdrachten uit dat werkboek hem zouden helpen? Dat al die woorden, verbanden, die door iemand bedacht waren, op hem konden slaan? Het was allemaal voor niets geweest.

Kwaad begon hij de bladzijden eruit te scheuren, een voor een trok hij ze los, de beschreven pagina's met zijn zielige handschrift, die trieste grafiek, met alle kracht die hij nog in zich had rukte hij tot de lijm losliet en die nutteloze, domme proppen papier zich op begonnen te hopen. Met beide handen veegde hij ze bijeen en bedacht wat hij ermee zou doen, wat hij kon doen om alles ongedaan te maken. Al die verspilde energie, al die uren dat hij achter zijn tafeltje had gezeten, zich het hoofd had gebroken, zijn lichaam had afgespeurd naar antwoorden. Hij dacht aan verbranden, het papier door wegkrullende vlammen laten opvreten. Of hij kon ze versnipperen en zo goed en zo kwaad als het ging door de wc spoelen. In zijn hoofd kwam hij in beweging, was actief, brandde, spoelde het papier weg. Maar in de realiteit bleef hij daar staan en staarde naar het hoopje papiersnippers. Uiteindelijk deed hij niets.

Hij dacht aan haar onverwachte bewegingen, haar mond. Bijna direct daarna verplaatsten zijn gedachten zich naar de therapiekamer. Die psycholoog had het altijd maar over verantwoordelijkheid gehad. Maar hij wás verantwoordelijk geweest, naar zijn beste kunnen had hij voor haar gezorgd. En toch had ze zijn lot bezegeld. Hij kon geen kant meer op.

Zijn blik dwaalde door de kamer, tastte de paar dozen af die ingepakt langs de wanden stonden. Dat ze nog steeds niet weg waren uit dit armoedige rothuis was zijn schuld. Dat de vis zo goed als dood was ook. En hoe moeilijk Betsy het volgens die advocaat van de tegenpartij had gehad, dat zijn moeder weer alleen was, en het nieuwe meisje, alles wat er met haar ging gebeuren, het was allemaal zijn schuld.

Hij ging voor het aquarium zitten. Het was smoorheet.

'Het spijt me,' fluisterde hij tegen de lege kamer om hem heen. 'Het spijt me.' Hij bleef kijken naar de vis. Het dier was uit de modder gekomen en hing vlak voor het glas. Jonathan bracht zijn gezicht zo dicht mogelijk naar hem toe en keek in zijn twee smalle, doffe oranje oogjes. Hij stootte een klank uit, wilde op de zijkant van de bak slaan maar bleef bewegingloos zitten. Het voelde nu of zelfs zijn gedachten niet meer uit zijn eigen hersens kwamen, maar opwelden uit een bron die wel bij hem, en bij zijn leven, hoorde, maar hem toch vreemd was.

En het licht was er nog steeds, loodgrijs. Hij wreef in zijn ogen. Hij was zo uitgeput dat hij het liefst dagen aaneen zou willen slapen. Met zijn kleren aan strekte hij zich uit op het matras. Op zijn buik, zijn hoofd verborgen onder zijn uitgestrekte, licht gebogen armen, lag hij een tijd vermoeid te ademen. Draaide zich op zijn rug en vouwde zijn handen op zijn borst. Het was zo licht en tegelijk zo zwaar in zijn hoofd dat het even leek of hij alleen maar door zijn ogen dicht te doen zou wegzakken in een verhelderende slaap. Maar dat gebeurde niet.

Vervolgens legde hij zijn handen op zijn gezicht. Onder zijn uitgespreide vingers opende hij zijn ogen, de wimpers dicht op elkaar, keek naar de traag verschuivende lichtvlekken op het plafond, en van een afstand probeerde hij naar zichzelf te kijken. Alsof hij daar hing, met zijn rug tussen de balken geklemd, zijn benen gestrekt, en neerkeek op zijn eigen lichaam, het gezicht verborgen achter zijn handen.

'Lafaard,' zei hij hardop, maar een andere stem, ergens achter in zijn gedachten, zei ook: 'Je kan er niets aan doen.' Hij voelde in zijn ogen tranen opkomen, maakte een vuist van zijn rechterhand, verplaatste deze van zijn gezicht naar zijn lippen, opende zijn mond en beet hard in zijn knokkels. 'Nee,' zei hij, 'het heeft geen zin.' Een sliertje speeksel liet hij langs zijn kin weglopen en hij kwam overeind, leunde met zijn rug tegen de muur. Zijn nekspieren waren zo stijf dat de pijn uitstraalde naar zijn schouderbladen en de onderkant van zijn schedel. Van waar hij zat, kon hij het licht in de kamer zien binnendringen. De warmte. Nu dacht hij aan het beeld van het meisje hier in zijn kamer, zoals hij haar net had gezien. Hij keek voor zich uit, perste zijn lippen opeen, zijn ogen gingen iets wijder open, hij liet zijn blik langs de spullen in zijn kamer gaan, kneep zijn oogleden toen weer stijf op elkaar, richtte zijn blik naar binnen, maar alles bleef ver weg.

Het was voorbij. Hij wist dat hij iets verschrikkelijks zou gaan doen. Hij kwam nooit meer vrij. Zijn adem verliet in korte, onregelmatige stoten zijn neusgaten.

Na even heen en weer gelopen te hebben, ging hij voor het raam staan en wachtte tot hij haar op het plaatsje zag. Zijn kaken strak op elkaar geklemd.

Daar was ze, in haar sportbroekje. Zodra hij haar zag, trok hij zijn broek los. Hij had willen huilen, maar ook dat zou niet meer lukken. Hij bekeek het kind, het meisje, het mooie meisje, dat met haar rug naar hem toe gebogen haar springtouw, waarvan hij de afgeknipte rafeluiteinden nu beter dan ooit kon zien, begon uit te rollen. Langzaam, met licht gebogen rug, liep ze van het ene uiteinde van het binnenplaatsje naar de andere. Vijf stappen voor hem, zeven voor haar. Ze zette de pop neer ter hoogte van het midden van het springkoord en bleef gehurkt bij het levenloze ding zitten, haar gezicht dicht op het starre, plastic gelaat.

Driftig begon het ijzer van zijn riem tegen de verwarming te slaan. Hij dacht haar mond te zien bewegen, haar lippen woorden te zien vormen die hij als altijd niet verstond. Het puntje van haar vlassige paardenstaart schudde heel licht heen en weer. 'Daar ben je dan,' hijgde hij op het ritme van zijn bewegingen, 'daar ben je...' Zijn hart klopte snel en hevig, maar ook ver weg.

Mijn leven is voorbij, ging het tegelijkertijd door hem heen. Voorbij, dacht hij. Zijn leven was voorbij voordat het echt begonnen was en hij wist ook niet goed of hij het erg moest vinden. Of wat er verloren zou gaan. Hij kon het niet meer bedenken en voerde het tempo op.

De vis was dood. Het dier was al licht opgezwollen, zag hij nu. Dit was wat hij had gevreesd, waar hij al die dagen bang voor was geweest. Nu het zover was, kon hij alleen maar kijken. Hij zag de doodse buik naar boven, richting hemel gekeerd, alsof daar nog iets van te verwachten viel, de schubben hard en puntig; op zijn rug dreef het beest aan het wateroppervlak, zijn rugvinnen flauw beschenen door het licht van de lampjes. Hij had de pomp de hele avond aangelaten, en luisterde naar het zachte borrelen.

Hij sloot zijn ogen, wilde hier even helemaal in opgaan, daar was hij goed in, verdwijnen. En hij begon te prutsen aan de knoppen, draaide de pomp harder, het ronken klonk nog steeds zachtmoedig en constant, maar zijn gehoopte verdwijning bleef uit. Nu wreef hij in zijn ogen en duwde zijn neus tegen de bak aan. Hij zat zo dicht op het glas dat hij zijn eigen gezicht er op een vreemd verwrongen manier in terugzag.

'Kijk dan,' zei hij tegen zichzelf. 'Kijk, dat ben jij.' Maar het lukte hem niet erdoorheen te kijken, achter zijn schaduw te komen, hij durfde het ook niet en wendde zijn blik af. Vervolgens zat hij een tijd stil, zonder ook maar even te bewegen, zijn ogen dicht, en luisterde naar het zacht borrelende gepruttel waarmee de luchtbelletjes door het water werden geblazen. In zijn hoofd werden de geluiden schommelende vlekjes die samen met de beelden als lichtvlekken door zijn hoofd schoten.

Toen hij zijn ogen opendeed, voelde hij de tranen. Hij wist dat, hoe onzinnig ook, dit zijn einde was. Nu het dier dood was, was het met hem ook gedaan.

Voor Jonathan zichzelf dwong om op te staan, bleef hij een tijd languit op zijn rug, met zijn ogen nog dicht, op het bezwete matras liggen. Hij had niet meer dan een paar verbrokkelde uren slaap gehad en was vermoeider dan ooit. Zijn botten, pezen, spieren, alles deed pijn, alles was schraal en getergd. Even probeerde hij overeind te komen, maar het was te pijnlijk en vrijwel meteen ging hij weer liggen, zijn ogen dicht. Het was nu al zo heet dat zijn hele lijf bedekt was met een klam, jeukend vochtlaagje. In al zijn organen drong de warmte door, drukte hem op de plaats, maar in zijn hoofd zette ze zijn gedachten in beweging. Met evenveel opwinding als walging bekeek hij de binnenkant van zijn hoofd, waar als een diavoorstelling bewegende beelden van haar werden geprojecteerd. Zelfs toen hij zijn ogen opendeed en zijn blik door de ruimte liet gaan, drongen de beelden zich op.

Zij zat hier, in zijn kamer, warmte verspreidend, haast schaamteloos haar kinderlijke meisjesgeuren afgevend. Hij duwde zijn voortanden in zijn lip, schoof over het matras naar de stoffige nauwte tussen de muur en de spijlen van zijn bed, had zijn lichaam daarin willen laten kantelen, laten vallen als in een ravijn, maar er was nergens verlossing. Hij schoof terug. Draaide zijn hoofd heen en weer over zijn kussen.

De zeepjeszoetheid van haar huid, het vage zweet, zelfs het licht zurige van haar kleding. Alles wond hem op. Hij dacht aan haar zacht ademende buik. Haar billen, hier in het vloerkleed, hoe ze wijdbeens zat terwijl hij, terwijl hij maar werkte, en maar zijn best deed en nu wenste hij dat er een manier was die hij kon bedenken, iets, wat dan ook, waarop zij hier ook schuldig aan was. Was er maar een manier om haar ook schuldig te laten zijn. In zijn gedachten verscheen het badstof van haar broekje dat zich verfrommelde in haar kruis, de vouwen, daaronder moest haar geslacht zich ook zo vouwen. Nog steeds beet hij op zijn lip, duwde zijn rechtersnijtand in zijn bovenlip en bleef fragmenten van haar zien, door de pijn heen. En nergens kon hij de schuld in ontdekken, hoe graag hij dat ook wilde. Toch zag hij haar anders dan hij eerder had gedaan, alsof er op de een of andere manier een vreemd verbond tussen hen was. Een overeenkomst die buiten hen om tot stand was gekomen, alsof er een net van betekenis was gespannen tussen hem, haar, alles om hen heen, dat hij wel voelde, maar waar hij maar niet echt tot door kon dringen.

Hij zag haar van achter, zoals hij haar zo vaak had gezien, maar nu leek alles anders dan eerst. Ze kroop op de bak toe, net als gisteren, maar het leek alsof er van buiten een ander, vreemd licht op haar viel. Ze had haar sportbroekje aan, en het vale shirt dat ooit geel moest zijn geweest. Het stuk krijt in haar achterzak, haar paardenstaartje dat in haar nek hing, haar dijbenen, enkels, tenen in haar losrakende slippers. Ze wist niet wat ze deed, wat ze deed met hem, met haar bewegingen. Maar toch. Hij zag haar bewegingen als lijnen, als ragfijne draden die hen met elkaar verbonden, een strak, fijn geweven web. En hij was niet de spin die zwaar en wraakzuchtig in het middelpunt zat en wachtte. Hij was het allerkleinste fruitvliegje, vastgeplakt en achtergelaten aan een zacht bevende kleefdraad, en het was nu wachten op de vernietigende windvlaag.

Het moest voorbij zijn, dacht hij, hij moest het doen. Van haar enkels liet hij zijn blik in gedachten omhoog kruipen. Volgde de lijn van haar kuiten, langs de warmte van haar knieholtes, voelde haar huid al haast gloeien tegen zijn handpalm, en hij ging naar haar dijen, wilde haar in gedachten bij haar middel vastpakken, maar werd tegelijkertijd misselijk van zijn eigen fantasie.

Met zijn ogen open lag hij op zijn rug op het matras, volgde het in- en uitgaan van zijn adem, probeerde zijn middenrif tot rust te brengen. Hij concentreerde zich op een flauwe lichtvlek op het plafond. Hij liet de tijd voorbijgaan en verroerde zich niet.

Uiteindelijk liep hij van zijn bed naar het tafeltje. Ging zitten, zijn handen in zijn schoot, wreef met zijn rechterduim over het linkerkootje, wachtend op een verlossing die niet kwam, liet nog meer tijd verstrijken, stond op, liep van het tafeltje naar het raam en terug. En opnieuw. Het plaatsje was leeg. Bleef leeg. Een hele tijd stond hij daar. De skippybal lag nog op de stenen.

Zwetend liep hij naar de keuken, waar het nog heter was dan boven. De lucht was hier zo dik dat hij dacht te gaan stikken. Hij moest gaan. Naar buiten. Om te doen waar hij blijkbaar toe voorbestemd was.

In de woonkamer lag zijn moeder op de bank zachtjes te kermen. 'Jo? Waar is mijn puffer? Heb je mijn puffer gezien? Pak je hem even voor me?' Hij maakte meteen rechtsomkeert. Te veel, hij kon het er niet bij hebben. In de keuken opende hij de kraan, spatte water in zijn gezicht en wreef het over zijn nek.

'Jo!' riep ze zwakjes.

Maar hij draaide de kraan verder open en duwde zijn hoofd er helemaal onder, liet zijn oren vollopen zodat hij haar niet meer hoorde. Daar kwam ze toch weer doorheen. 'Jo? Ben je in de keuken?'

Hij kneep zijn ogen dicht en perste zijn gedachten net zolang en krachtig samen tot hij alles verdreef. Als hij maar lang genoeg dacht aan haar afwezigheid, merkte hij, kon hij haar laten verdwijnen. En zichzelf ook. Het was alsof hij weg tuimelde, alsof hij viel in het donker, maar dan vanbinnen, in zichzelf. Hij voelde zijn hart in zijn keel slaan, even heftig als toen hij de schaduw van zijn eigen gezicht in het glas van het aquarium had zien schijnen. Keek naar die man in dat spiegelende glas, naar zichzelf, naar hij die die man was, maar die ook heel iemand anders leek te zijn. Die man in het glas ging iets doen waar hij niets mee te maken had. Die gedachte gaf hem voor een moment rust. En samen met een onwerkelijke opluchting voelde hij een vreemde kracht in zich groeien. Hij moest weg, naar haar toe, hij had nu geen tijd te verliezen. Hij zocht de hond, floot tussen zijn voortanden, liep de gang door, terug naar de keuken en vond het beest op het plaatsje. Met zijn kop op zijn uitgestrekte voorpoten lag hij heel zacht piepend te slapen. Op zijn fluit richtte het dier de kop even op maar liet hem toen weer zakken. 'Kom nou, jochie, kom op.' Hij liep op hem af. Boven hem begon de lucht langzaam dicht te trekken. Het weer veranderde. Zou het gaan regenen? Op de radio had hij de voorspelling gehoord. Regen en windvlagen.

'Kom nou.' Even bleef de hond nog liggen op de tegels, hijgde hevig, toen schoven traag zijn oogleden open, hij krabde met zijn rechterachterpoot aan zijn zij. Trok met zijn tanden aan een korst in zijn vacht. 'Kom, beessie, we gaan!' Terwijl hij het dier met de vingers van zijn ene hand driftig over de kruin krauwde, onderwijl zacht klakkend met zijn tong, bond hij met de andere hand de riem om zijn nek. Het waaide al flink. Boven zijn hoofd dreef de wind wolkflarden bijeen en joeg ze door de leigrijze lucht. Een groepje meeuwen werd in de verte uit elkaar geblazen. Nog steeds geen regen. Alleen maar hitte. Hitte die nooit meer weg leek te gaan, hitte die hem dag in dag uit tegen de grond drukte.

In zijn binnenste gloeide het ook. De warmte van zijn bloed, het koken, het stoven van zijn hoofd. Het was een straf, dacht hij. Een straf van de natuur. Of een straf van God. Een God in wie hij niet geloofde, maar van wie het toch niet vreemd leek als hij Jonathan zou straffen. Voor wat hij was, wat hij dacht, wat hij voelde.

'Het gaat nu echt gebeuren,' zei hij en huiverde, 'het is zover.' Alles wat hij wilde, alles wat hij zo lang met alles wat hij in zich had, had tegengehouden, zou nu gaan gebeuren. En voor het eerst in lange tijd voelde het alsof er alleen nog nu was. Geen verleden meer, geen toekomst. Alsof de tijd van binnenuit was opgezwollen, was gestold en tot stilstand gekomen. Alsof er nooit meer iets anders zou komen dan dit.

Morgen, misschien vanavond al, dat wist hij, werd hij opgehaald door de politie. Maar hoeveel angst hem dat ook aanjoeg, hij wist ook dat hij zich wilde schikken in alles wat zich zou aandienen. Ze komen me vanzelf halen, dacht hij. De strijd was geleverd en verloren. Nu kon hij alleen maar volgen wat in hem was.

Jonathan liep verder zonder om te kijken en vlak achter het buurhuis hield hij stil. 'Jij moet eerst even pissen,' zei hij tegen Milk. Vlug liet hij de hond zijn behoefte doen in het zand achter het huis en liep meteen door; de achterdeur stond open. Ze waren er nog. Nu moest hij handelen. Hij voelde het aan zijn adem, hoog in zijn borstkas, fladderend, de uiteinden van rusteloze, klapwiekende vleugels, en zag zichzelf voortgaan, terwijl hij de hond aan zijn riem meetrok. Naar boven, dacht hij, in een keer omhoog lopen, niet denken. En je hoeft niet bang te zijn voor die moeder. Als je haar tegenkomt, dacht hij, kan je haar nog wel wat vertellen. Al had hij geen idee wat hij tegen haar zou zeggen, en hoe hij op haar zou reageren, toch was het idee dat hij haar zou kunnen treffen niet angstwekkend meer. Wat kon ze hem maken? Ze had nooit goed voor het meisje gezorgd, hij zou haar de les willen lezen. Wat dacht ze wel niet?

Zachtjes duwde hij de deur open, liep het voorste halletje in en bleef daar een ogenblik staan. Daarna opende hij de tochtdeur, en liep door, de korte gang in. Het was er stil. En leeg. Hij wist dat het kind en haar moeder niet veel bezittingen hadden, maar dit was erger dan hij had kunnen denken. Hij liep een rondje door de woonkamer, de keuken, de hal. Net als bij hun huis. Maar dan alsof iemand hun spullen eruit had gehaald, en er rommel voor in de plaats had gezet. Een oude tafel van ongelakt hout, een bank met een morsig kleed erover. En overal de geur van vocht. Op de muren vaalgele kringen. Langs een deel van de wanden stonden opgestapelde kratjes met spullen. In het binnenvallende licht dreven stofbundels. Hij liep door het lage halletje met dezelfde kleine ruitjes als bij hen thuis, zag zijn eigen schaduw, en vervolgde zijn weg door het nauwe trappenhuis.

'Hallo?' riep hij. Er kwam geen reactie op. 'Waar zijn jullie?' Het bleef stil. In gedachten hoorde hij kort de echo van zijn eigen stem nagalmen, luisterde toen naar het ruisen van zijn eigen bloed in zijn slapen. Hij versnelde zijn pas. Terwijl hij de trap opklom, begon het buiten te regenen. De druppels tikten met een kalme, doffe regelmaat op het dak en even bleef hij er stil naar staan luisteren. Regen met zwakke windvlagen, dacht hij, precies zoals voorspeld. Hij balde zijn vuisten, voelde zijn droge mond. Er moest meer regen komen. Brullend onweer, windvlagen die aan hem rukten, aan zijn lijf en ledematen, hem alle kanten op schudden, dat was wat paste bij hoe hij zich voelde, bij wat er in hem raasde. Maar het vallen van de druppels, het tempo waarmee ze neerploften, bleef zacht en bedaard. Hij klom de laatste treden op. Beet op de binnenkant van zijn ene en daarna zijn andere wang en na nog wat kauwbewegingen voelde hij meer speeksel in zijn mond komen. Boven aan de trap bleef hij staan en keek naar de trillende stofdeeltjes die in het licht ronddwarrelden. Zonder oorsprong, leek het, zonder doel. Het was nog steeds zo stil dat hij begreep dat hij niemand aan zou treffen. Hij liep door.

Op de overloop stond hij stil. In de schemerige ruimte keek hij om zich heen, liet zijn ogen wennen en nam daarna wat hij zag zorgvuldig in zich op. Naakte muren, ongelakt hout, een eetkamerstoel in de hoek voor de deur die toegang moest geven tot haar kamertje. Een omgeving die niets zei, iedereen kon hier wonen, of niemand.

Hij kon zich haast niet voorstellen dat dit haar huis was. Dit was dus de plek waar ze, elke middag nadat ze samen met hem was geweest, naar terugkeerde. Waar zij 's nachts sliep. Hij bleef maar kijken. Er was iets in het verlaten tafereel dat hem niet losliet: hoe langer hij keek, hoe meer hem het vreemde gevoel bekroop dat er iets was wat de omgeving voor hem verborgen hield, dat er iets was wat hij niet mocht zien. Alsof de spullen, de vormen en het stof zich niet lieten betrappen, de adem inhielden, roerloos wachtend tot hij zou doorlopen, en dan pas hun ware aard weer zouden vrijgeven.

Hij luisterde naar zijn eigen adem. Terwijl hij zijn blik weer door de ruimte liet gaan, zette hij zijn neusgaten wijd open, maar ook wat hij hoopte te ruiken bleef verborgen. Nergens hing haar geur. Juist nu hij zo naar haar verlangde dat het pijn deed, was ze verder weg dan ooit. In zijn hoofd kon hij haar op de een of andere manier ook alleen nog maar in fragmenten, in delen, zien. Die lach, haar tand, haar lippen die zich net niet helemaal sloten, het vlekje in haar ogen, de zijkant van haar hals wanneer de namiddagzon erop scheen. Maar het voegde zich niet samen tot een geheel. Hij moest naar haar kamer, dacht hij. Daar zou ze het dichtst bij hem zijn.

Haar kamer was klein, net als die van hem. Hoewel die van haar zelfs nog kleiner leek. De lucht die er hing was net zo warm en benauwd. Ook hier zou hij in zeven stappen de lengte van de kamer kunnen doorlopen en in drie stappen de breedte. Een halve armlengte tot de balken aan het plafond. Op de plek waar bij hem zijn tafeltje stond, stond een bak met speelgoed. De arm van de pop die hij vaker had gezien en het handvat van haar springtouw staken boven de rand uit. In plaats van zijn bed zag hij een klein bureautje. En waar bij hem het aquarium stond, lag een matras op de grond.

Jonathan liep erop af, liet zich door zijn knieën zakken, knielde, en wreef met zijn handen over het licht vettige oppervlak. Hij trok het laken dat losjes over het matras heen lag op aan de punten, vouwde deze samen en duwde ze gretig tegen zijn neusgaten. Ja, nu, nu rook hij haar. Hij werd onmiddellijk weer hard. Zweet sprong uit de poriën bij zijn haargrens. Hij veegde het weg met de punt van het laken en tastte naar zijn riem.

Plotseling voelde hij de sterke drang zich af te trekken, hier, met alles van haar om zich heen. Het matras waarop de afdruk van haar lichaam haast nog zichtbaar was, haar tafeltje, pop, springtouw. Net wilde hij zijn riem lostrekken toen er als een veertje in zijn hoofd een andere herinnering aan haar losschoot. Ze zat tegenover hem, kneep haar ogen tot spleetjes en hij hoorde haar stem terwijl ze het verhaaltje begon voor te lezen dat ze net had geschreven. Schaamte overviel hem. Het was te veel. Het bloed suisde in zijn hoofd en drukte van binnenuit op de wanden van zijn aderen. Zijn huid zou knappen. Nee, hij moest zich hier niet aftrekken, het moest anders, hij moest haar bij zich hebben, hij wilde haar, lief en warm, tegen zich aan. Hij hield de toppen van zijn vingers tegen zijn oogleden gedrukt en haalde heel langzaam, met wijd geopende mond adem. 'Waar ben je?' fluisterde hij.

Hij wilde weg maar kon het nog niet. Na zeker een minuut stil te hebben gezeten, stond hij op, om zich vrijwel meteen terug op de grond te laten zakken. Opnieuw rook hij aan het laken en kroop op zijn knieën naar het tafeltje in de hoek. Hij zocht en vond het schrift waarin ze altijd zat te schrijven. Opengevouwen lag het keurig in het midden van het tafelblad, omringd door krijtjes, stompjes potlood, een stift. Het zitvlak van de stoel vol met beschreven papiertjes. Met zijn hand maakte hij een deel vrij om te gaan zitten.

Hij streelde de kaft van het schrift dat lag opengevouwen bij een pagina waar boven stond: 'Het gehiem. De club.' En in grote, onbeholpen blokletters had ze geschreven: 'Wat we moeten doen om Tinca te redden.' Daaronder volgde een opsomming: 'Water niet meer dan 23 graden, genoeg modder, rust en: diepsslakjes, dat is wat zij het liefste eet. Die vint je in de meertjes in de duinen.'

Daar was ze. Natuurlijk. Hoe kon hij zo ongelooflijk stom zijn dat hij daar niet aan had gedacht? Natuurlijk was ze die slakjes gaan halen.

Hij luisterde naar het geroffel van de regen op het dak. Hij zag haar voor zich in haar sportbroekje en met een regenjasje over haar shirt. Het verregende staartje hing slap in haar nek. Ze droeg haar kaplaarzen. In zijn verbeelding liep ze, stilletjes tegen zichzelf pratend, van het duinpad naar de rand van het meertje. Misschien had ze een emmer meegenomen van huis. Voorovergebogen, voorzichtig, duwde ze een afgebroken takje in de modderige strook water aan de oever, angstig om te dicht bij te komen.

Hield de regen op? Hij wilde een opening in de bewolking zien breken, bleek zonlicht dat aarzelend haar gezicht aftastte. Hij herinnerde zich hoe mooi het licht in haar hals en op haar wangen had geschenen op die middag bij de schommel, en hoe zij, terwijl hij haar duwde, haar ogen half dichtkneep. Hij proefde haast de slechte smaak van de chips die hij haar had gevoerd, voelde de drukkende hitte, de sensatie van haar ogen, steeds haast de aanraking met haar zachte, geopende lippen, de beweging van het kuiltje onder aan haar hals wanneer ze slikte. Zijn hart ging alweer tekeer en hij zette het beeld even stil, maar het begon bijna meteen weer te draaien, zich te openen, te ontvouwen.

Haar zachte, geopende lippen. Hij die haar voerde. En toen zag hij het gebeuren. Heel dichtbij. Hij greep haar haren vast. Alsof hij naar houvast zocht in het kolken van zijn eigen gedachten. Alsof hij haar kon redden van het vuur dat in hem, om hem heen, alles omver blies en in razernij afbrandde. Maar hoe kon hij ooit volhouden dat hij haar veiligheid voor ogen had, want in zijn gedachten drukte hij haar tegen de grond. Zijn vingers gebogen, geklauwd. Hij rook die goedkope shampoo zo diep in zijn neusholten dat er geen ontkomen meer aan was. En daar was het volgende moment. Ze was naakt, hij dacht er niet eens aan hoe hij haar uitkleedde, in zijn gedachten was ze al naakt. Haar benen zag hij en daartussen een schelp van onaangetast vlees. Nu vertraagde de film en het voltrok zich heel rustig in zijn hoofd. Hij zat voor haar, op zijn knieën, zij lag, haar hoofd opzij gedraaid. Zijn tong trok een spoor langs de binnenkant van haar kuiten, dijen; hij duwde haar benen uiteen. Daar was het roze dat hij heel voorzichtig bevoelde, en hij had nog nooit zoiets gevoeld, zachter dan wat dan ook. In zijn hoofd speelde het heel langzaam door. Zonder geluid maar met levendig, bewegend beeld. Zo levensecht dat hij haar gewoonweg onder zich voelde. Dit had hij zichzelf niet eerder toegestaan, dit zo uitgebreid te zien, te voelen en de kalmte in zijn binnenste door niets te laten verstoren, alsof het allemaal samenkwam.

Hij was binnen in de warmte, het zachte. Hij ging verzitten en wurmde zijn hand onder zijn broekriem door, alsof hij zich zo kon aftrekken zonder dat hij het zelf deed, alsof zij hem bevredigde. Maar een paar keer hoefde hij te bewegen en hij voelde het stuwende gloeien al vanuit het diepst van zijn ballen. Maar hij kneep zichzelf af en stopte het. Nog niet. Niet hier.

Hij wilde alweer opstaan, maar het ging door. Door haar geur, die in zijn hoofd dwaalde, en de warmte, kwam nu ook een ander onontkoombaar stuwen. Ze keek hem niet aan. Bleef maar vaag lachen. In zijn verbeelding had ze eenzelfde soort verre blik in haar ogen als wanneer ze las. Ze was er, maar ze was er ook niet. Ze zag hem niet. Terwijl hij in haar was. Alsof hij niet bestond. Ze gaf geen kik. Opeens kwaad drong hij zich in zijn verbeelding dieper bij haar naar binnen, spreidde haar benen hoog, duwde met zijn handen, stootte en stootte nog eens en speurde haar gezicht af, wachtend op een vertrekken van haar mond, iets waaruit bleek dat ze hem voelde, dat hij bestond. Maar ze bleef stug de andere kant op kijken. Hij huilde haast van woede en bleef in gedachten maar aan haar trekken. Hij moest toch in elk geval in zijn fantasie voor elkaar krijgen dat ze deed wat hij wilde?

Kijk me aan, dacht hij, til je hoofd op. Hij probeerde de kin van het meisje op te tillen maar ze verzette zich. De spieren van haar hals bleven strak aangespannen. Hij hoorde ritmische bewegingen, het kletsen van vlees op vlees, alsof hij het zelf niet was, alsof hij dit niet bedacht. Eindelijk draaide ze haar blik zijn kant op. Ze glimlachte, maar haar ogen glansden treurig. En ondanks de overwinning dat hij nu eindelijk de baas over haar was, voelde hij weer een korte hevige steek van walging. Hij streek met zijn hand door het zweterige haar van het kind en keek nogmaals op haar neer. Nu keek ze hem van over haar schrift aan. Hij dacht aan haar hoofd half tegen zijn schouder, haar mond open, een flauwe lach en hij zag haar blonde haar, haar huid, alles aan haar wat zo mooi en volmaakt was, de zachte geluidjes die ze maakte terwijl ze schreef. Hij slikte het snot en de vloeistof dat in zijn traanbuisjes was gelopen weg. Maar in zijn gedachten waren het haar ogen die zich met tranen vulden, die langs haar wangen en kin naar beneden begonnen te rollen. Hij streelde haar hals en liet zijn vingers over de wangen van de het meisje glijden. 'Stil maar,' suste hij haar.

Het plafond leek door te zakken. Hij zag haar aan de andere kant van de kamer zitten, een silhouet, bewegingloos. 'Draai je om,' zei hij, maar elk geluid in deze kamer leek te verdwijnen in een vreemde stilte. Zo kon het niet eindigen, hij alleen in deze godverlaten kale verlatenheid, hij moest zich hieruit losbreken. Alleen. Hij moest hier weg, naar haar toe.

Opeens was hij weer buiten, in de gestaag vallende regen, en hij zette het op een rennen, de hond achter hem aan. In een sukkeldraf, maar toch zo snel als hij kon, langs de achterzijde van het dorp. Over het grindpad, het lange duinpad, klimmend, tot een scheut in zijn zwoegende borst hem even op zijn knieën dwong. De grond van nat zand en gebroken schelpen schuurde zijn handpalmen. De hond die voor hem kwam staan en zijn hijgende adem in zijn gezicht blies. 'Hou op.' Hij duwde hem van zich af, spuugde krachtig op de grond, hoestte, wreef het vocht uit zijn nek, krabbelde overeind en begon weer te rennen. Nu langs het dennenbosje. De bomen die hem omringden waren hoog en reikten met hun zacht zwaaiende takken tot ver in de grijze hemel. Ze stonden dicht op elkaar, nergens ruimte tussen de stammen, ze sloten hem in. Soms voelde hij zich even begluurd, dan leek het of hij de bevrijding tegemoet rende. De wind blies over de kronen, het ruisen van de regen overstemde het kloppen van zijn bloed in zijn slapen. Onder zijn voeten braken takjes, spatten steentjes op en soms kon hij niet uitmaken waar de geluiden vandaan kwamen, of hij ze zelf veroorzaakte. Hij probeerde te denken, in zijn hoofd en door het duinbos een rechte lijn te volgen, de kortste weg naar waar hij naartoe wilde. Maar hij dacht aan alles tegelijk en soms stokten zijn gedachten helemaal, zakten stil en donker, onbereikbaar, naar de bodem van zijn hoofd. Vlak voor de open plek van waar hij het meertje zou kunnen zien, nog geen vijf minuten rennen ervandaan, wilden zijn longen niet meer. Kort ging hij zitten op de met naalden bezaaide grond, zijn rug tegen de stam van een den. Hij wreef met zijn handpalm over zijn gezicht, drukte zijn hand tegen zijn voorhoofd en ogen en overdacht nog eens wat er zou gaan gebeuren wanneer hij haar zag, voelde hoe de angst om wat hij ging doen inwendig aan hem vrat.

Tussen de takken door kon hij de nog bedekte hemel zien. Een verstikkend pak grijze wolken. Aan het begin van het pad dat naar het meertje voerde, stond hij stil. De hond maakte een paar lage, grommende geluiden, stak zijn neus de lucht in en begon te snuffelen, wilde doorlopen. 'Milk.' Hij floot kort en zacht tussen zijn voortanden. 'Kom hier.' Het beest gehoorzaamde en sjokte naar hem terug.

Maar plotseling durfde hij niet goed door te lopen. Samen met de hond stond hij daar een paar minuten besluiteloos in de hete lucht die zich als een dikke walm om hen heen had gevouwen. Het regende nog steeds, maar de druppels vielen zwakjes, aarzelend uit de hemel, alsof zij de zaak ook niet meer vertrouwden. Met de neus van zijn laars duwde hij tegen een hoopje zand, waar geen beweging in kwam. Vanuit zijn haar droop de regen in smalle stroompjes langs zijn slapen en zijn wangen, zonder de verkoeling te brengen waar hij zo op had gehoopt.

Langzaam liep hij rechtsaf het laatste duinpad in, passeerde de open plek waar het pad zich vertakte en liep toen in oostelijke richting het smalle paadje af dat naar het water leidde. Al gauw zag hij aan zijn rechterhand de contouren van het duinmeer.

Hij hield stil. Aan de horizon zag hij nevels boven het water staan. Nu bekroop hem een verschrikkelijke angst. Oog in oog met het stuk open veld dat hem scheidde van het meer, wachtte hij tot zijn benen uit zichzelf in beweging kwamen. Toen verzette hij zijn voet en het voelde alsof hij voorover helde, alsof hij van een rand af zou vallen als hij nog een stap naar voren deed. Hij werd als door een onaards sterke zwaartekracht voorover getrokken, en dan weer van de aarde afgeduwd. Hij durfde niet verder te kijken, niet vooruit, niet terug. Het liefst was hij plat op de grond gaan liggen om te wachten tot het voorbij was. Tot het over zou waaien als een storm die hij voorbij kon horen razen, en pas wanneer de wind was geluwd zou hij opstaan, de dennennaalden van zijn broek afkloppen en om zich heen kijken. Maar niets in zijn leven ging ooit zomaar voorbij, het was allemaal ijdele hoop. Ook dit zou niet voorbijgaan. Hij moest het volbrengen. Hij moest naar haar toe, hij wist haast zeker dat ze bij het meertje zat. Aan de rand, zacht pratend tegen een jampot vol slakjes. Zijn gedachten zogen zich vast aan dit beeld. Dat was hoe het zou zijn, hoe het moest zijn. Hij probeerde nogmaals zijn benen aan te zetten tot bewegen. Ondertussen voelde hij de spieren van zijn gezicht krampachtig samentrekken. Langzaam begon hij te lopen.

Als van een enorme afstand zag hij zichzelf in de richting van het water gaan, zijn rug gebogen, schouders opgetrokken, zijn blik naar de grond. Hoe langer hij naar zichzelf keek, hoe kleiner hij werd. Alsof de wereld zich van hem had losgemaakt en hij als een kleine planeet, alleen, in een koud universum zweefde. Hij tilde zijn hoofd op.

Zijn blik ging zoekend alle kanten uit. Alsof hij toch nog iets of iemand kon vinden, iemand die hem een antwoord kon geven, een plek waar hij stil kon liggen. Maar de bomen en struiken zwegen, alles hield zich stil. Boven zich zag hij een lichtstraal die aarzelend door de wolken probeerde te dringen. Hij keek er aandachtig naar. Even leek het dunne streepje licht sterker te worden, maar het lukte niet door de dik opeengestapelde wolkenmassa te breken.

Zijn kaak begon te trillen. Kleine spiertjes rond zijn lippen trokken zich samen. Hij wilde niet huilen en keek om zich heen, in de nog steeds weeïge warme lucht die hem omringde. Een zachte, laffe regen drupte langs zijn hoofd, langs zijn lichaam. Hij begon sneller te lopen.

Hij liep in oostelijke richting langs het meertje. Zijn geest was leeg en vol tegelijk en hij liep alsof er twee van hem waren. Alsof een deel van hem vooropliep, gespannen, de blik op de punten van zijn laarzen gericht, en een ander deel haastig achterop, een deel dat langs zijn rug heen keek.

Hij zag haar nergens. Hij liep doelgericht, hij wist waar ze het water in zou zijn gegaan. Er was maar één plek waar het riet dun genoeg was. Daar liep hij heen. En op hetzelfde moment hoorde hij een geluid van iets wat brak, een tak, en draaide hij zich om om te zien of hij begluurd werd. Er was niks. Hij draaide zich terug. Zijn ogen begonnen, aanvankelijk vluchtig, de oever af te zoeken en gingen daarna, sneller, verder naar het water. Eerst zag hij niks, wilde niks zien, liet zijn ogen leiden door een spanning die hij hoog in zijn keel voelde, maar toen dwong hij zichzelf om beter te kijken.

Hij stapte voorzichtig dichterbij en ging in het midden van de langzaam groeiende lichtvlek staan die de zon voorzichtig door de wolken wierp. Zijn benen uit elkaar, heen en weer wiegend op de bal van zijn voeten. Langzaam stapte hij nog wat dichterbij en toen zag hij het.

Het meisje dreef midden in het meer, met haar gezicht in het water. Haar haren uitgewaaierd als wier, haar armen leken gewichtloos, wijd uitgespreid naast haar lichaam. Ze droeg het badstoffen broekje, kaplaarzen, en het shirt met de bloem. Het leek zo lang geleden dat hij haar in dat shirt had gezien. Een ander leven, een ander mens. Of in elk geval dacht hij toen een ander mens te zijn geweest.

Hij bleef staan waar hij stond, zijn armen onhandig langs zijn zij hangend, zijn handen bevend. Het was onmogelijk te geloven dat zij het echt was die daar lag. Het meisje. Hij kon haar naam niet uitspreken. Alsof dat het echt zou maken.

Steeds wanneer hij aan haar naam dacht, viel het woord uit elkaar in zijn hoofd. De letters, klanken lieten elkaar los, de lijm die ze met elkaar verbond loste op voor hij het woord had gevormd. Nu moet je wat doen, zei hij tegen zichzelf. Dit is jouw schuld.

Hij deed nog een paar stappen haar kant op. Van deze afstand leek ze zo klein, veel kleiner dan ze werkelijk was. Hij was duizelig, knielde neer, maar zelfs op handen en knieën bleef hij het gevoel houden dat hij elk moment voorover kon klappen. Hij had willen liggen. Languit. Willen wegzakken in de aarde als in een graf. Maar hij kon haar daar niet zo laten drijven. Hij moest haar redden, redden wat er nog te redden viel. Hij sloot zijn ogen, schudde wild met zijn hoofd, maar alles in hem was verstard en gestold. Alles behalve dat deel in zijn hoofd waarin hij haar uit het water haalde en naast zich neerlegde. Dat was het enige wat hij nog voor haar kon doen.

'Kom,' zei hij tegen de hond, die met zijn achterpoot aan zijn vacht krabde en eerst geen reactie gaf. 'Kom nou.' Zijn stem klonk dun als een ragfijn draadje dat door het allerkleinste windvlaagje weggeblazen zou worden.

Toen Jonathan begon te lopen, kwam het beest in zijn trage pas achter hem aan. Samen liepen ze een eindje het meer in. Toen bleef Milk staan en hij liep door. Het water sloeg over de rand van zijn rubberlaarzen. Hij voelde de modderige bodem zuigen. Af en toe zakte hij even weg. Maar het werd niet snel dieper.

Na verloop van tijd zag hij zijn laarzen niet meer en trok het water langzaam in zijn broekspijpen. Toen het tot halverwege zijn borst reikte en hij bijna bij haar was, dacht hij er in een flits aan om door te lopen. Hij kneep zijn ogen dicht. Doorlopen, dacht hij, tot het water je mond en longen in stroomt. Tot alles voorbij is. Maar hij gunde het zichzelf niet, hij had het niet verdiend. De dood zou te gemakkelijk zijn. Hij moest lijden, onder ogen zien wat hij had veroorzaakt, en dus keek hij naar het drijvende lichaam, nu op geen vier meter van hem vandaan, en dacht aan alles wat hij met haar had willen doen. Al zijn woede, het geile razen dat hij in zichzelf had gevoeld, was weg. Er was alleen nog een diepe stilte in hem en een krachtig maar zacht verlangen om voor haar te zorgen.

Voorzichtig reikte hij naar haar, pakte haar schouders vast, duwde zijn beide handen stevig onder haar oksels en draaide haar lichaam huiverend zijn kant op. Met de ene hand haar rug en borstkas omklemmend, en met de andere haar kin ondersteunend, hief hij haar gezicht een stukje op. Wat plukjes haar kleefden aan haar voorhoofd, haar mond was open. Op een vreemde manier was de uitdrukking op haar gezicht niet anders dan hij gewend was. Alleen haar ogen, daar durfde hij niet goed naar te kijken. Met half afgewend gezicht schoof hij met de duim van zijn rechterhand de oogleden voorzichtig over de twee bollen waar hij, vanuit zijn ooghoeken bezien, geen pupillen in kon bekennen. Hij kamde wat haar uit haar gezicht en begon haar vervolgens door het water de kant op te trekken. Ze was zwaarder dan hij had verwacht. Hij hijgde.

Bij de rietkraag zette hij een paar passen de wal op, duwde de hakken van zijn laarzen stevig in de grond, gleed kort weg in de modder, herstelde zich, zette zijn schouder tegen die van haar en trok haar aan haar rug naar zich toe. Weer viel haar gewicht hem tegen. Na een aantal passen met haar lichaam over zijn schouder de kant op te zijn gelopen, wankelde hij. Hij viel en het meisje viel met hem mee, over hem heen. Zo bleef hij een moment liggen, de bewegingloze zwaarte van haar lichaam op zijn eigen lijf, dat zwaar en heftig ademde. Als het had gekund, dacht hij, was hij hier voor altijd met haar blijven liggen.

Maar uiteindelijk duwde hij toch met zijn rug tegen het meisje en haar lichaam rolde van hem af. Met een plof viel ze op het zand. Nu ging hij naast haar liggen, zijn adem gekalmeerd. Een lange tijd, een tijd die hij nooit zou hebben kunnen meten, een tijd die niemand zou kunnen meten, bleef hij languit naast het onbeweeglijke lichaam van het meisje liggen. Dichtbij genoeg om haar met uitgestoken hand aan te kunnen raken, als hij dat had gedurfd.

Ik lig hier met jou, dacht hij, je bent bij me. Dat is het enige. Het enige wat hij nu wilde was haar bij zich hebben. 'Toch heb ik goed voor haar gezorgd,' fluisterde hij met verstikte stem en hij draaide zich op zijn zij, kwam steunend op een elleboog omhoog en keek op haar neer. Door zijn tranen heen zag hij haar nog steeds ongeschonden gezicht, dat hij met zijn blik zacht aftastte. Haar gezicht was nog helemaal engelachtig, niet opgezwollen, ze was mooi als nooit tevoren. 'Daar ben je dan,' hoorde hij zichzelf zeggen. Hij kon alleen maar naar haar kijken. Voorzichtig, zonder haar huid te raken, kamden zijn vingers haar haar opzij. Even zo liggen, dacht hij, even zo, niet denken. Hij wist dat hij zo weg moest. Maar op een vreemde, verwrongen manier kon hij eindelijk ademhalen.

De hond zat pal naast het hoofd van het meisje en duwde zijn neus tegen haar kin. Er klonk een zachte, hoge piep uit zijn neusgaten. De regen was gestopt. Boven het water van het meer hing damp.

'Kom, Milk.' Hij greep in de hals van het dier en trok hem tegen zijn eigen lichaam aan. Een tijdje kroelde hij hem zachtjes over zijn kop. Toen stond hij op, liep om het meisje heen en ging aan de andere kant naast haar zitten. Hij wilde zo graag bij haar zijn, nu het nog kon. Met een aarzelende blik op haar neerkijkend betastte hij met zijn vingertoppen zachtjes haar hoofd. Hij voelde het elastiekje tussen haar natte haar. Met de rug van zijn vingers wreef hij over haar wang. Hij hield een oorlelletje vast. Als een smal, plat keitje tussen zijn vingers. Weer kwam de hond nieuwsgierig dichterbij en onderzocht met zijn trillende snuit de lijnen van haar gezicht. Hij pakte het dier nogmaals rustig en behoedzaam in zijn nekvel vast, suste hem en trok zijn kop zachtjes naar zich toe.

Even leek er niets aan de hand, dacht hij, ze was er gewoon nog. Maar haar mond hing open, een beetje. Hij zag een vlezige, dikke tong stil midden in haar mond, en voorzichtig duwde hij haar kaken wat meer op elkaar. De tand waar het stukje van was afgebroken leek kleiner te zijn geworden en ook haar neus leek kleiner. Het licht dat van achter de wolken naar beneden scheen, raakte precies de zijkant van haar gezicht en omlijnde de hoek van haar kaak en het lieve, puntige van haar kin.

Lange tijd bestudeerde hij haar gezicht. Voor het eerst kon hij dit ongestoord doen. Ergens had het iets vreemds, iets verkeerds, haar zo te bekijken zonder dat zij haar ogen op kon slaan, maar hij kon zich niet van haar losrukken.

Door de heel lichte, haast doorschijnende tint van haar huid leek haar gezicht nog jonger geworden. Alles wat hij niet aan haar begreep, bestond nu niet meer.

En alles wat hij van zichzelf niet begreep ook niet. Hij had geen kracht meer om ergens over na te denken. Door het gevoel van verslagenheid heen was er een diepe rust in hem neergedaald.

Hij keek omhoog. Nog maar een heel dun, trillend streepje zonlicht priemde zich door de wolken. Even nog. Hij wist dat dit gevoel niet lang zou duren, maar nu, eventjes, in elk geval zolang het licht op afstand bleef en hij hier zo bij haar zat, kon hij leven met wie hij was. De dichte bomenrijen met hun lange, bleke stammen stonden als in streng gelid om het meer en hielden de rest van de wereld op afstand.

Hij wilde het koperkleurige vlekje in haar iris zien, het licht dat er nu zo mooi op zou vallen, maar durfde haar oogleden die hij net had gesloten, niet weer open te doen. Langzaam, onderzoekend liet hij zijn blik langs de rest van haar lichaam glijden en steeds vond hij iets waar hij aan bleef haken. In haar broekje kon hij het stuk krijt nog zien zitten. Het had afgegeven en lichtpaarse kringen in de stof getrokken. Hij zag het prullerige ringetje aan haar wijsvinger. En op de huid van de knokkel van een van haar duimen zat een wondje dat hij nog niet kende. Had ze zich net geschaafd? Hij kon het plotselinge idee dat ze zich bezeerd had toen ze alleen was, nauwelijks verdragen en tranen sprongen in zijn ogen. Hij hield zijn hoofd gebogen en spande zijn handen, kneep zijn vingers dicht tot het vuisten waren. Tot nu toe had hij zijn tranen weten te bedwingen, maar nu begon hij geluidloos te huilen naast het stille lichaam.

'Meisje toch,' fluisterde hij met verstikte stem, 'meisje.' En toen: 'Elke...'

Hij moest weg, stond op, rukte zich met moeite van haar los, deed een paar passen van haar af, en keek nog een keer om. Opeens bedacht hij dat ze het koud zou hebben. Hij verwierp de gedachte, maar deed nog een paar aarzelende stappen en bleef weer staan. Het was onzinnig, natuurlijk kon ze het water dat van haar doorweekte kleding in haar lichaam trok niet voelen, maar toch moest hij dit doen. En hij was op een vreemde manier ook trots op wat hij van plan was, iets wat hij niet goed begreep.

Terwijl de tranen nog, heel langzaam nu, over zijn gezicht trokken, zijn schouders rillend, ritste hij zijn regenjack los. Trok het uit, ontknoopte zijn overhemd en stroopte het hemd eronder van zijn lijf. Een poosje bleef hij zo staan, de kledingstukken in zijn hand, zwaar van het regenwater en van het tillen van het meisje, van al het nat dat door zijn jack heen was gedrongen.

'Wat doe je nou, Jonathan,' hoorde hij de stem van zijn advocaat in zijn hoofd. Het is niet slim wat je doet, dacht hij. Zodra de politie haar zou vinden met zijn kleren over haar lichaam, was hij onmiddellijk verdachte. Wat er daarna zou gebeuren, waar hij al die tijd zo bang voor was geweest, leek niet meer te bestaan. Een schip dat achter de horizon was verdwenen en waarvan hij alleen nog de licht schuimende rimpelingen in het water zag. Dit voelde als de enige mogelijkheid. Dit was het enige wat hij kon doen, het enige wat hem nog met haar verbond. Het enige wat de lijn heel zou houden.

Dus liep hij op haar toe, en legde het hemd en het shirt met zorg om haar lichaam. Daarna trok hij zijn jack weer aan, de stof kil tegen zijn huid, en begon langzaam, met tegenzin, terug te lopen. Maar na een meter of vijf voelde hij weer de drang nog eens naar haar toe te lopen en in gedachten zag hij zichzelf haar kant op gaan, weer naast haar liggen, met zijn wang tegen die van haar, zijn neus tussen haar haren alsof hij haar zo zou kunnen verwarmen. Hij schudde zijn hoofd. Je moet gaan. Ook al had hij niets om naar terug te keren. Over drie dagen de verhuizing. Zijn moeder zou weer alleen zijn, zou alleen moeten verhuizen. Het was voorbij. Hij kwam nooit meer vrij.

Hij draaide zich om naar de hond. 'Kom, jongen.' Het beest kwispelde en holde al een stukje vooruit. Bij het begin van het zandpad bleef hij met openhangende bek op hem staan wachten.

Jonathan deed een paar stappen bij haar vandaan. De zon scheen nu vanonder de wolken recht op haar en verlichtte haar gezicht. Het had iets Bijbels, dacht hij. Het deed hem denken aan een Mariaplaatje dat hij eens in de lade van zijn moeders nachtkastje had gevonden. Een verkleurde print van de Heilige Maria met een bleek gezicht, maar met een stralenkrans om haar hoofd, zo helder dat hij haast licht gaf en een cirkel in het karton leek te branden.

Weer deed hij een paar stappen en keek nog een keer. Met elke stap die hij zette, werd het moeilijker haar beeltenis bij zich te houden. Hij richtte zijn blik op zijn voeten, op de weg die zich voor hem uitstrekte.

Het was opgehouden met regenen, maar de modderige aardeklompen die aan zijn laarzen kleefden zogen zijn hakken nog richting aarde. Vlak voor hij het pad dat hem terugleidde naar het dorp op liep, bleef hij nog een laatste keer staan. Hij sloot zijn ogen, wreef over zijn gezicht, duwde zijn knokkels tegen de spieren in zijn hals, opende zijn ogen weer, en draaide zijn hoofd een aantal keer van links naar rechts, de halswervels zacht krakend. Hij veegde met zijn onderarm langs zijn ogen, maar ze bleven zich telkens vullen, telkens opnieuw.

Nu de regen was opgehouden, klonk er wat aarzelend vogelgefluit en Jonathan luisterde naar hoe de vogels de stilte verbraken met hun verre, eenzame tonen. Hij haalde zijn handen uit zijn zakken. Hij wreef met de duim van zijn rechterhand langzaam over het kootje van zijn linker en liep zonder omkijken naar wat nog even zijn huis zou zijn.